화
화
화

화화화

1쇄 발행	2021년 9월 27일
2쇄 발행	2021년 12월 27일

지은이	이은희
발행인	이선우
펴낸곳	도서출판 선우미디어

등록 | 1997. 8. 7 제305-2014-000020
02643 서울시 동대문구 장한로12길 40, 101동 203호
☎ 2272-3351, 3352 팩스: 2272-5540
sunwoome@hanmail.net
Printed in Korea ⓒ 2021. 이은희

값 13,000원

ISBN 978-89-5658-679-3 03810

이은희 수필집

화
화
화

선우미디어 sunwoomedia

프롤로그

꽃은 그리움의 산물이다. 꽃이 활짝 피었으나 함께 볼 사람이 없다. 시절이 수상하여 보고 싶은 사람을 못 만나고 그리움만 키운다. 세상은 여전히 거리두기. 그대를 기다리다 꽃들만 덧없이 피고 진다.

수필집 『결』과 『결을 품다』 출간 이후로 '결의 작가'로 불린다. 이번 작품집은 '꽃의 결'에 집중이다. 포토에세이집 『화화화』에 오른 꽃들은 거지반 하늘정원에서 손수 키운 식물이다. 하늘과 맞닿은 아파트 24층 공간, 환경은 열악하나 식물과 함께한 삶의 흔적은 무량하다. 수필전문지와 신문, SNS에 게재한 글과 사진을 시대 흐름에 발맞춰 엮는다. 부디, 사람들의 심상도 꽃처럼 향기롭고 조화로웠으면 하는 바람이다.

하늘정원에서

이 은 희

목차

해바라기 연가

에필로그

자
연
을 섬
기
는 집

자연을 섬기는 집

세상에는 소소한 행복이 곳곳에 널려있다. 나는 행복을 거저 얻기를 원치 않는다. 일상에서 짬을 내 손수 만들고 누리길 원한다. 더불어 그 행복을 친한 벗이나 지인과 나누길 좋아한다. 식물을 키우다 보니 이른 새벽에만 볼 수 있는 것들이 있다. 밤과 낮이 바뀌는 푸르스름한 빛의 경계인 그 찰나의 순간이다. 개양귀비가 고개를 수굿하게 떨군 꽃봉오리를 들거나, 털북숭이 껍질을 벗는 몸짓을 함께하지 못하는 것이 아쉬울 따름이다.

손을 뻗으며 하늘이 닿을 것 같은 테라스 공간을 나는 '하늘정원'이라 부른다. 삼 년 째 머무는 24층 복층 아파트는 나에겐 선물 같은 집이다. 안방에서 떠오르는 태양을, 거실에선 저무는 노을을 볼 수 있는 자연을 품은 집이다. 멀리 녹음에 휩싸인 상당산성 성벽이 희끗거리고, 가까이엔 청주의 정기를 품은 우암산을 마주한다. 복잡한 일상과 고된 하루를 이겨낼 수 있는 기운을 하늘정원에서 얻는다.

하늘정원은 그리움의 공간이다. 친정어머님처럼 틈나는 시간을 쪼개 토종 꽃과 나무를 가꾸고 있다. 예전 툇마루에 앉아 즐겨보았던 봉숭아꽃과 채송화, 도라지꽃과 나팔꽃, 백합 등을 옮겨놓은 듯 정원에서 피어난다. 새벽에 눈이 떠지면 채비 없이 몸이 먼저 하늘정원에 오른다. 몸을 숙여 풀을 뽑고, 물뿌리개에 물을 가득 받아 천천히 물을 주며 식물에 말을 건다. 꽃과 대화하기다.

하늘정원엔 남다른 묘미가 있다. 대부분의 사람은 새벽잠을 원하지만, 나는 잠보다 꽃 가꾸는 일이 재미있다. 매일 맞는 동살이 새롭고, 이슬 맺힌 비비추가 싱그럽다. 24층까지 날아와 난초 잎 틈새에 고요히 잠든 무당벌레와 바지런한 꿀벌도 기특하다. 한껏 부풀어 터질 듯한 도라지 꽃봉오리와 밤새 한 뼘 이상 줄기가 자라 나뭇가지를 단단히 휘감은 더덕줄기 등속이다. 자연에 순응하는 식물에 감탄사를 쏟아지게 한 대상을 어찌 다 열거하랴.

요즘 분홍빛 끈끈이대나물 꽃이 한창이다. 아파트 숲에서 혼자 보기 아쉬운 절경이다. 꽃이 스러지기 전에 지인이라도 초대하여 꽃 잔치를 벌여야 할 듯싶다. 잔치라고 하여 무언가를 장황히 벌인다는 소리가 아니다. 마음에 맞는 몇 분과 활짝 핀 꽃무리 아래서 얼굴 마주 보고 세상 살아가는 진솔한 이야기를 나누고 싶은 것이다. 지상의 가물거리는 별과 정원의 꽃, 신이 내린 바람을 좋아하는 사람과 마음을 나누고, 새로운 기운을 얻어 다시 세상으로 나아가고 싶은 거다.

하늘정원은 예전 '바람골'이란 명성답게 바람이 많다. 그 바람을 믿고 처마를 만들어 풍경을 달아 청아한 소리를 즐긴다. 바람만큼 햇볕도 강하여 조석으로 물을 주어야만 한다. 썩 좋은 환경은 아니지만, 식물이 필요한 햇볕과 바람, 꽃을 사랑하는 마음이 있으니 무엇이 부족하랴. 머지않아 작디작은 개양귀비 씨를 받아 지인과 나눌 생각을 하니 기분이 좋다.

자연을 섬기니 절로 무상무념에 든다. 하늘과 바람, 산, 그리고 내가 키운 꽃과 나무가 바로 처방약이다. 일상에서 불쑥 일어난 뿔 같은 화도 금세 스러진다. 어디 그뿐이랴. 꽃과 대화를 수시로 하니 마음의 궁핍에서 벗어나 자유롭다. '한 생각 청정한 마음이 곧 도량'이라고 했던가. 풍경소리 청량하고, 도량 가득 달빛이 내리니 무엇이 부족하랴. 산사에 선승처럼 홀로 정원에 서 있는 날이 많아진다.

바람결 좋은 날에

새벽에 일어나 창문을 여니 바람이 참 좋다. 일찍 빨래를 빨아 널고 홍감자를 여러 알 씻어 삶아 놓고 하늘정원으로 나간다.

무르익은 개양귀비 꽃 씨앗을 거둔다. 그리고 빈 공간에 백일홍 새싹을 여기저기에 옮겨 심는다. 정원에서 몰입하는 시간은 참 빠르게 흘러간다. 두어 시간 후딱 지나 옆지기가 배가 고픈지 저지하는 신호가 울린다. 부부는 모처럼 정원 탁자에 마주 앉는다. 일상의 소소한 대화를 나누며 과일을 얹은 요거트와 삶은 홍감자 두 알, 커피 한 잔으로 아침 식사를 즐긴다.

피부를 스치는 잔잔한 바람결이 좋다. 오늘 같은 소소한 행복을 누리는 시간이 여러 날 계속되면 얼마나 좋으랴.

묘시卯時

오늘도 죽음 같은 잠에서 깨어난다. 화들짝 놀란 듯 단박에 눈이 떠진다. 누가 깨우지 않아도 잠자리에서 일어나는 시간이 새벽 다섯 시 무렵, 묘시이다. 과로한 날엔 누가 업어 가도 모를 정도로 단잠에 들지만, 그렇다고 둔감한 사람은 아니다. 잠결에 사람의 숨결이 느껴지면, 눈을 번쩍 뜨는 자칭 예민형이다. 예전에는 자정이 넘어도 돌아오지 않는 식구 덕분에 잠을 이루지 못한 적도 많다. 여하튼 나에게 알람시계는 여벌이고, 몸이 시계이다.

몸이 알람시계 역할을 수행한 것이 꽤 오래이다. 묘시에 자동으로 잠을 깨는 형국은 아마도 직장생활 삼십사 년의 새벽 출근이 한몫했으리라. 골똘히 생각하니 학창 시절에도 새벽에 깨어있길 좋아한 것 같다. 식구들이 잠든 새벽에 깨어나 서정윤의 '홀로서기' 시를 베껴 쓰며 세상을 향하여 당당히 홀로서기를 바랐다. 별거 없는 사소한 일상을 깨알 같은 글씨로 메모하며 자신이 변화하기를 원했다. 적어도 그 시절엔 몸 안의 온 감각이 살아 정신의 변신을 돕던 세포들이 많았던 것 같다. 누구도 간섭하지 않는 시공간, 묘시가 준 선물이었음을 이제야 깨닫는다.

예전이나 지금이나 묘시를 갈망한다. 그 시간을 누렸던 공간이 청년시절 집 안의 책상이라면, 이제는 꽃과 나무들이 자라는 탁 트인 정원이다. 24층 복 층 아파트 테라스에 가꾼 꽃밭 덕분이다. 나는 꽃밭이 하늘과 가까이에 있 어 '하늘정원'이라 부르며 이곳에서 묘시를 보내길 원한다. 아무리 피곤해도 몸을 일으켜 하늘정원으로 향한다. 이럴 땐 마치 뇌가 명령을 내리는 것이 아닌 발이 기계처럼 인도하는 느낌이다. 누군가에게 보이지 않는 구속과 간 섭에 매이지 않는 자유로운 시간이다. 내 영혼의 울림을 듣는 시간이다. 사 색이든, 꽃밭을 일구든, 모든 것을 내 의지로 이룩하는 시간이다.

묘시에 사람들이 잠들어 있어 고요한 것처럼 보이지만 실상은 그렇지가 않 다. 대부분 새벽은 고요하고 바다의 심연 속 같다고 말한다. 그 말은 새벽 을 잘 모르는 소리이다. 동살이 비추기 전에 주위는 굉장히 수런거린다. 새 들의 지저귐이 꽤 높아 그 소리에 놀란 개가 컹컹 목청을 높인다. 바람에 나뭇잎 제 살 스치는 서걱대는 소리와 꽃봉오리의 털북숭이 껍질 벗는 미 세한 소리까지 들린다. 거기에 처마 끝 청아한 풍경 소리와 정원을 거니는 자갈 밟는 나의 발자국 소리도 더한다. 물상의 소리를 다 적을 순 없지만,

이런 소리가 들려야만 묘시이다. 모두가 그리움을 불러일으키는 묘시만의 음률이다. 과거에는 들리지 않던 소리들이다. 어느 순간 나의 귀와 감각이 열린 것이다.

묘시의 하늘정원은 계절마다 분위기와 경치가 다르다. 특히, 초겨울에서 늦봄까지는 푸르스름한 동살의 하늘빛이 대단하다. 자연이 펼치는 푸름은 말로 형용할 수 없는 곱디고운 색이다. 지금도 기억에 오롯이 남는 광경은 푸르스름한 배경으로 샛별 하나와 처연한 초승달, 그리고 처마 끝에 매달린 물고기 한 마리가 노니는 풍경이다. 이 얼마나 환상적인 조합인가. 단순 미학의 극치에 넋을 놓은 적 있다. 이런 풍경을 다시 보고자 하늘을 수없이 바라보나 기약이 없다. 여름으로 갈수록 푸름의 빛살은 약해지고 붉은 빛살이 늘어난다. 이제 더위가 가까이에 있다는 증거이다.

몽환적 분위기 속에서 노니는 날도 있다. 구름의 유속이 빠른 날은 마치 다도해를 만난 듯 섬들이 꿈틀거린다. 구름이 우암산과 백화산, 고층 아파트의 허리춤까지 내려 와 그 대상이 보였다 안보였다 하니 섬이 꼭 움직이는 듯 보인다. 그런 날은 구름이 24층 하늘정원에도 머문다. 발밑에도 구름이 잔뜩 깔려 신선이 된 듯 구름 위를 걷는 듯 몽환적 느낌이다. 이 또한, 낮에는 볼 수 없는 묘시가 준 신비스러운 풍경이다.

윤오영 수필가는 인시寅時를 다분히 향유한 분이다. 인시는 묘시에 바통을 넘기는 시간이기에 한 시간여 공유하는 접점이 있다. 요즘 말로 선생과 나는 새벽형 인간이다. 그와 마주하면, 서로 공감한 새벽 이야기의 끝이 없으리라. 그는 생활의 시간을 셋으로 나눈다. '자는 시간, 나다니는 시간 그리고 가장 짧은 밤중에 몇 시간'으로 나눈다. 가장 소중한 시간이 밤중의 짧은 시간, 바로 인시란다. 나도 그처럼 생활을 셋으로 나눠보니 자는 시간과 직장생활, 새벽의 한 시간이다. 새벽 5시부터 6시는 오로지 나를 위한 황금 같은 시간이다.

새벽 5시에서 7시, 하루를 여는 묘시는 새뜻하다. 밤과 낮의 경계에서 감성을 키우는 시간이다. 무딘 감성이 살아나고, 영감이 번뜩이는 시공간이다. 신비스러운 새벽을 이루는 조력자가 여럿이다. 존재감을 일으키는 신선한 바람과 앞산이 뒷산을 업은 듯한 산등성이들, 산 굽이굽이 피어오르는 안개와 구름, 꽃과 나무가 주는 그윽하고 깊은 정취가 감성을 건드린다. 무엇보다 새벽을 새벽같이 달구는 소리와 생업을 위하여 산업공단으로 달려가는 사람들이 가슴을 울린다.

묘시는 상처받은 영혼을 치유하는 시간이다. 작은 정원을 손수 가꾸는 일은 누군가의 말처럼 '삶의 속도를 식물의 움직이고 자라는 속도에 맞추는 일'이다. 변화무쌍한 하늘과 사계절 변하는 산을 하늘정원으로 불러들여 벗하니 장자가 말한 소요유逍遙遊가 아니겠는가. 삶의 갈피에 숨은 이 순간을 놓치지 않고 마음에 담아가니 삶은 충만해지리라. 오늘은 영원한 묘시지기로 받아달라고 감히 신께 청한다.

계간 《계간수필》 2019년 가을호 발표
『The수필』 2020년 선정 『선수필』 2020년 봄호 수록

바람의 제물

회오리바람이 집을 에워싸는 듯하다. 강도 높은 바람 소리에 잠 못 이루는 밤이다. 내가 머무는 공간은 사계절 바람이 부는 바람골. 가는바람에서 된바람까지 바람의 종류를 셀 수가 없다. 더위가 여러 날 지속하더니 태풍을 부른 것인가. 태풍은 고온에서 일어난다고 하는데, 기상에 관하여 깊이 알고 싶은 생각은 없다. 다만, 바람의 제물이 될 나의 소중한 식물들을 단속하는 일이 중요하다. 아파트 복층에 머물며 겪은 산 경험으로 바람을 맞을 채비를 서둘러야만 한다.

나뭇잎은 나무의 소중한 일부분이다. 인간은 그저 봄바람에 현란할 정도로 눈부신 이파리의 몸짓과 오색으로 물든 고운 단풍잎을 기억한다. 살아보니 바람의 몸짓이 모두 좋은 것만은 아니다. 하늘이 노한 것처럼 시커먼 먹구름으로 뒤덮고 강한 번개와 태풍을 몰고 오면, 나무는 단호히 결정을 내려야만 한다. 험한 날씨를 견뎌내고자 작은 제물로 자신의 일부분을 내주어야 하리라. 그렇지 않으면, 강풍은 가혹하게 나무둥치를 부러뜨릴지도 모른다. 지난해 태풍 링링이 하늘정원에 남긴 처참한 광경이 떠오른다.

묘시에 참혹한 실체를 확인하는 순간이다. 수십 그루의 해바라기의 꽃송이가 보이지 않는다. 마치 동백꽃이 스러지듯 꽃의 목이 잘려 바닥에 나뭇잎과 함께 잔해로 뒹군다. 어찌 그뿐인가. 바닥에는 수국과 가침박달나무의 생생한 이파리와 줄기가 너저분하다. 인정사정없는 가혹한 처사다. 꽃들이 보기 좋은 시절에 꽃밭을 초토화해 버린 것이다. 실망감을 이루 말할 수가 없다. 동백꽃은 나무 발치에 꽃을 떨어트려 보기라도 좋지, 해바라기의 꽃송이는 어디론가 날아가 헤매는지 모른다. 날바닥에 추레한 꽃송이만 서너 개 나뒹굴고 있다. 간밤의 바람 소리에 스산한 광경을 예감했어야 했다. 정원에 상상치 못한 일이 벌어져 한동안 나가기가 꺼려진다.

해바라기는 여름내 불볕을 먹고 자라는 식물이다. 무더위 속에서도 물만 주면, 불평 없이 키를 장대 같이 키우고 꽃을 환하게 피운다. 꽃대가 멀대 같이 큰 것이 꼭 나를 닮은 것 같아 해마다 씨앗을 심는다. 해바라기는 무엇보다 해를 바라기 하는 일편단심의 순수와 노랗게 활짝 핀 꽃의 표정이 밝아 기분이 좋아진다. 하늘정원을 꾸민 장소가 24층 옥상층이라 그런가. 하늘이 가까워서 그런지 새벽과 저녁 무렵에 물을 주지 않으면 식물들이 더위를 견디지 못한다. 여름휴가도 식물들 걱정에 멀리 가지 못하고 당일치기로 다녀올 정도이다. 그렇게 애지중지한 꽃과 나무가 싹쓸바람에 상처 입고 흩어지니 그 상심을 어찌 말로 다 하랴.

해바라기가 바람의 제물로 바친 것이 꽃이라 마음이 불편하다. 자연이 보낸 태풍 앞에선 어찌지 못하는 마음만 애달프다. 꽃송이는 해바라기의 목숨이다. 자신의 온몸을 바쳐 사수한 것이 과연 무엇일까 뒤늦게 돌아본다. 그맘때쯤 정원에 정답게 어우러졌던 더덕꽃과 나팔꽃 덩굴, 수국과 백일홍, 푸른 잎만 무성한 국화 등속이다. 그들은 태풍을 맞고서도 아무렇지도 않은 듯 버젓이 생을 유지해가는 걸 보면, 해바라기가 제물이 된 덕분이다.

세상에는 누군가의 희생으로 부유한 삶을 이어가는 사람도 있다. 사회생활을 하며 느낀 것은 갑부는 혼자 부자가 될 수 없다는 생각이다. 기업도 당신이 부리는 사람들이 한마음으로 성심껏 일을 해줘야만 성장할 수가 있다. 자산이 사유재산인 양 마음대로 부리다 물거품이 된 기업이 여럿이다. 또한, 인간을 인간같이 대하지 않고 당연한 듯 수족처럼 부리며, 모든 것이 자신의 것인 양 허세를 부리다 감옥 행한 기업인이 어디 한둘이랴. 이런 기업에 청춘을 묻고 열심히 일한 사람들의 마음이 어떻겠는가. 사랑과 열정을 쏟은 무수한 시간은 또 어쩌랴. 우리는 알게 모르게 누군가에게 도움을 주고받으며 살아가고 있다. 오죽하면 우리네 삶이 빚진 인생이란 말이 나올까. 문득 희생의 삶을 살다가 하늘로 돌아간 친정어머니가 떠오른다. 어머니는 당신의 몸을 보살핀 적이 없다. 첫새벽에 일어나 늦은 밤까지 늘 분주했던 어머니시다. 남편과 자녀, 시어머니까지 열 식구를 돌보며 수십 마리의 가축을 기르셨다. 어디 그뿐이랴. 동네에 거동이 불편한 어르신들의 머리도 깎아드리고, 어려운 사람을 그냥 보고 지나치질 못하여 몸과 마음이 분주하셨다. 세월이 흐르고 보니 어머니의 선한 행동이 나에게 돌아와 번듯이 사는지도 모른다는 생각에 다다른다.

우리는 소신대로 전설처럼 걸어간 선인에게 빚진 자들이다. 그들도 삶의 제단에 제물로 내놓은 것들이 상당하리라. 부모님은 우리를 위하여 목숨을 다하셨고, 해바라기도 자신의 심장을 내놓고 스러졌다. 나는 과연 삶의 제단에 무엇을 내놓았는가. 제물이라고 하기엔 미미한 것들이라 부끄럽다. 창밖에 나뭇잎이 사시나무처럼 떨고 있다. 바람 속에서 온몸이 흔들려야 새싹도 돋고 꽃도 피어나는가. 우주 만물은 대가 없이 얻어지는 건 없음을 보여준다.

『계간수필』 2020년 겨울호

화화화

화花, 옷이 벗겨지는 찰나이다. 바람에 반쯤 벌어진 껍질이 툭 떨어진다. 붉은 나상이 적나라하다. 바람결에 하늘거리는 꽃 한 줄기. 감탄이 신음처럼 배어 나온다. 방금 전까지도 잔털로 무장한 껍질 안에서 잔뜩 움츠렸던 꽃봉오리. 이제 갑옷을 벗고 고운 꽃잎을 화르르 펼치리라. 껍질을 벗는 모습은 언제나 볼 수 없다. 식물도 자존심이 있어 아무에게나 보여주지 않고 상대가 누구인가를 따지리라. 게으른 사람보단 부지런한 사람, 세상일이 내 마음 같지 않아 불면증에 시달린 자, 대낮보단 새벽을 사랑하는 이에게 민낯을 보여주리라.

묘시에 깨어 있어야만 볼 수 있는 광경이다. 개양귀비가 하나둘 털북숭이 옷을 벗더니 오월의 정원을 붉게 수놓는다. 절정에 다다른 꽃송이가 피고 지며 저를 키운 주인에게 온몸으로 화답한다. 뭇사람의 심장을 마구 흔들며, 정원 구석구석에 불을 화끈하게 지르리라. 사람들은 꽃 한 송이를 두고 '요염하다', '단아하다', 한마디로 '죽인다'며 온갖 상찬에 침이 마른다. 식물은 말이 없는데 인간만 무시로 흔들리는지도 모른다.

◀ 개양귀비

화火, 활활 타오르는 불꽃, 그리스 신전에 성화를 닮았던가. 사진의 배경은 짙푸른 하늘, 초점은 새빨간 개양귀비. 드넓은 하늘을 붉은 꽃송이가 떠받치는 듯한 형상이다. 마치 하늘에 투영된 깃발 같기도 하고, 날 것의 붉은 심장도 같다. 사람들은 나에게 열정이 넘친다고 말한다. 좋아하는 일 앞에선 물불 안 가리고, 지칠 줄 모르는 나의 심장. 그 심장도 신열이 올라 저렇게 빨갛지 않을까 싶다. 아니, 어찌 좋아하는 일 앞에서만 신열을 앓겠는가. 상식이 통하지 않는 사람 앞에서 끙끙거리다 심장에 종종 불꽃이 일어난다. 그 불꽃은 쉬이 사그라지지 않아 몸속 구석구석에 반점처럼 부어올라 처방약을 달고 산다. 화火로 달궈진 심장을 서서히 잠재우는 대상은 역시, 꽃이다.

일년초는 번거로움을 감수하고 심는 식물이다. 특히, 개양귀비는 모종이 어려운 품종이라 꽃씨를 가능한 여러 곳에 넉넉히 뿌려 새싹을 솎아내는 것이 낫다. 꽃이 피고지고 열매를 맺으면, 장마가 오기 전에 부지런히 씨앗을 거둬야만 한다. 개양귀비와 끈끈이대나물 꽃씨는 마치 연필로 콕 찍은 점처럼 씨앗이 작디작다. 볕에 바싹 마른 씨방은 빗살이 살짝 건들기만 해도 씨앗은 와르르 쏟아지기 때문이다.

지인은 번거로운 일을 왜 좌초하느냐고 묻는다. 그래서 나도 나에게 묻는다. 내 안에 체증인 불[火]를 꽃[花]으로 다스린다는 응답이다. 일상에서 맞닥뜨린 상심에 솟은 화火를 자분자분 잠재우는 화花. 내가 전념하는 일은 직장생활과 글쓰기에 덤으로 식물 가꾸기와 그 식물을 지인에게 공유하기다. 처음에는 소소한 정원 가꾸기 정도였는데, 식물이 백여 가지로 늘어나니 할 일이 정도를 넘는다. 주말의 하루는 육신을 혹사시켜야만 일이 끝난다.

못된 근성이 발동한 탓이다. 골몰무가汨沒無暇, 일에 빠져 몸을 사리지 않고 시간 가는 줄을 모른다. 그럴 땐 일을 저지하는 곁님이 필요하다. 그의 손에 이끌려 방으로 들어오면, 침대에 시체처럼 늘어져 허릅숭이처럼 삭신이 쑤신다고 구시렁댄다. 그것도 잠시 꽃이 보이면 다시 방문턱을 넘는다. 방금 전에 행위를 잊고 꽃에 미친 듯 즐거워하는 모습은, 누가 봐도 이해할 수 없는 진풍경이리라. 피로감도 피로 나름, 즐거움에서 오는 피로를 그 누가 알랴. 즐거운 노동을 버리지 못하는 화상, 정녕 꽃[花]을 떠나선 살 수 없는 존재이다.

화和, 짙푸른 우암산을 병풍 삼아 들여놓고 붉은 개양귀비를 즐긴다. 하늘정원은 구속이 없는 절대 자유의 시공간, 장자의 소요유逍遙遊가 따로 없다. 정원에서 유유자적도 사나흘, 꽃의 재잘거림과 식물의 묘한 생태를 혼자 보기가 아쉽다. 급기야 수백 명이 어울리는 SNS에 식물을 올려 자랑한다. 태평양처럼 넓은 오지랖을 어쩌면 좋으랴. 꽃의 향기는 백 리를 가고, 사람의 향기는 만리를 간다고 했던가. 씨앗을 뿌려 피어난 꽃을 이웃과 무시로 나눈다. 울산의 '카친'에게도 꽃씨를 주었더니 그곳에서도 하늘정원 새싹이 돋는다. 내가 나눈 꽃은 그냥 꽃이 아니다. 생화학 유기적 반응에서 일어난 엔도르핀을 사방으로 마구 전파하는 중독성 강한 식물이다.

노을빛 동살을 배경으로 더덕 줄기를 사진에 담는다. 위로 타고 오르는 본능의 더덕 줄기가 마치 외다리의 새처럼 보인다. 문인이 쓴 글 속의 '외다리 성자'가 발현되는가. 정지된 식물 줄기의 한 장면을 만인이 바라보며 솟대, 제비, 바람개비 등 '뭐뭐' 같다는 댓글이 오른다. 식물 줄기 사진 한 장에 각자 사유가 깊어지는 시간이다. 더불어 즐거운 대화가 이어지고, 침묵하던 지인의 반가운 이야기도 바라본다.

이웃과 마음을 나누는 일은 더없는 기쁨이다. 좋아하고 사랑하는 일은 향기로운 조화를 낳는다. 꽃[花] 덕분에 마음이 맞는 분들과 살뜰한 정을 나누는 기회를 만든다. 마음속 불[火]의 화신이 낳은 아드레날린은 자연이 만든 신선의 꽃[花]으로 잠재우고, 그 꽃을 SNS에 공유하니 세상과 조화[和]롭다. 억지로라도 웃으면 엔도르핀이 돈다고 했던가.

'하하하'와 비스름한 '화화화'를 읊조려본다. 주위를 돌아봐도 행복은 물질의 소유가 전부는 아니다. 나의 소소한 행복은 좋아하는 풀꽃과 마주하며 식물을 정성껏 키워 이웃과 즐거움을 나누는 일. 꽃에서 삶의 균형과 조화를 이룬다. 오늘도 일상에서 지친 심신을 화花를 가꾸며 다스리고 몸속 세포의 긴장을 눅잦힌다. 눈앞에 꽃의 세계, 내가 만든 소소한 천국이다.

계간 「현대수필」 2021년 가을호 발표

꽃 중의 꽃

선물 받은 꽃바구니의 꽃이 다종다양하다. 꽃의 세계가 평화로워 보인다. 꽃은 시샘이나 다툼이 없을 것 같다. 꽃병에 연보랏빛 튤립 여러 송이에 작은 소국을 꽂아도 좋고, 주홍빛 장미 한 송이를 꽂아도 좋다. 어떤 꽃을 보태도 밉지 않다. 꽃을 만질 때 꽃의 종과 속을, 생태를 깊이 고려하지 않는다. 꽃이 피기까지 저마다의 삶터와 환경도 다를 텐데 어느 것과 무리 지어도 잘 어울린다. 조화로운 꽃바구니를 바라보며 인간 세상을 떠올린다. 과연 저들의 비결은 무엇일까 궁금하다.

꽃 중의 꽃은 '사람' 꽃이란다. 꽃이 저마다 고운 빛깔과 향기를 뿜어내듯 우리네 삶도 제각기 내면의 향기를 지닌다. 꽃의 모양과 종류가 다르듯 인간의 세계도 다르지 않다. 다양한 모습과 성향의 사람들이 존재한다. 꽃처럼 순수성을 잃지 않고 헛된 욕망을 꿈꾸지 않는다면, 지구상에 아귀다툼은 없으리라. 개성을 존중하고 배려한다면, 지구상에 전쟁은 사라질까. 꽃의 세계에선 서로의 다양성을 이해하고 존중하는 것 같다.

꽃바구니의 다양한 꽃이 인간의 군상처럼 다가온다. 인종은 달라도 배고픔으로 신음하는 아이들을 바라보며 너나없이 손을 내밀어 보듬지 않던가.

21세기는 단일민족이란 어원도 함부로 쓰면 아니 되리라. 한국도 기피 업종은 관리자 외에는 외국인 근로자들의 손을 빌린다. 글로벌 노동력으로 세운 건축물에서 머물고, 옷을 지어 입고, 음식을 배달하여 먹는다. 여느 집단이든 그들의 다양성多樣性을 인정해야만 평화롭다. 지금은 범민족, 모든 민족을 아우르는 시대이다.

꽃은 진즉에 삶의 진리를 통달한 것이다. 여러 종의 꽃이 무리 지어도 조화롭다. 어느 때보다 맑고 향기롭다. 모처럼 꽃을 품에 안고 집에 돌아오니 향기에 젖어 꽃이 된 듯하다. 나만의 자족, 세상에 하나밖에 없는 꽃의 탄생이다.

『한국실험수필』 2018년

식물의 독법

목이 학처럼 길어져도 소식이 없다. 여왕은 나에게 기다림의 미학을 가르치려는가. 올해도 푸른 잎만 숲처럼 무성하게 키운다. 화분의 흙을 더하고 거름도 주었는데, 별로 효과가 없다. 보람도 없이 봄날은 가고 여름의 중심으로 내달린다. 잎의 기척에도 예민한 촉수를 기울이나 식물의 말을 도통 알아들을 수가 없다. 올해도 꽃의 여왕인 모란과의 독대를 포기해야 하는가. 실망하던 터에 지인과 꽃 이야기하다 그의 독법을 푼다.

비밀은 바로 질소이다. 대기의 가장 많은 성분이 질소로 약 78%를 차지한다. 식물의 영양제인 질소를 스스로 얻을 수 없기에 비가 내리지 않으면 무용지물이다. 특히, 천둥과 번개를 동반하면 대기가 충격을 받아 질소량이 많아진단다. 그러니 하늘이 준 빗물을 수돗물과 어찌 비교하랴. 강우량이 적은 지난해 식물들이 부실했던 것을 경험한 터다. 올해는 초봄에 복합비료를 듬뿍 주었고, 비까지 연거푸 내렸으니 한마디로 영양 과다다. 자연의 간단한 섭리도 모르고, 모란이 꽃을 피우지 않는다고 식물 탓만 한 것이다. 식물도 거리 두기가 필요하다.

지난해 잎만 키우다 스러진 작약을 기억한다. 올해는 작약도 미안한지 나

◀ 작약

의 노력에 화답한다. 작은 꽃봉오리를 맺는가 싶더니, 한 달여 만에 주먹만한 꽃을 피운 것이다. 겉 꽃이 먼저 피고, 속 꽃은 꽃잎이 겹겹으로 소담스럽다. 작약을 서원이나 정원, 사진 속에서 숱하게 보았지만 제대로 보지 못한 것이다. 탐스러운 작약꽃을 혼자 보기 아쉬울 정도다. 작약은 여러 날 생활의 소소한 즐거움을 안긴다.

꽃송이만 보고 작약과 모란이 비슷한 꽃으로 아는 분이 많다. 작약은 여러해살이풀꽃이다. 무서리가 내리면, 잎과 줄기가 시르죽는다. 찬 겨울을 지내고 봄날에 동토를 뚫고 붉은 싹을 올린다. 반면에 모란은 작약과 낙엽활엽 관목, 나목으로 겨울을 나고 봄에 피는 꽃이다. 나의 모란은 지난해도 올해도 꽃을 보지 못했다. 그러니 다음 단계는 모르는 거나 다름없다. 식물의 생태는 씨앗을 뿌려 사계절 손수 가꿔야만 제대로 안다고 말할 수 있다. 여하튼 정원을 서성이며 탐스러운 꽃을 바라보며 며칠만 더 보게 해달라고 중얼거린다. 갑작스런 비 예보에 작약 꽃잎이 흩어질까 가슴을 졸이는 밤이다.

작약꽃은 내가 생각했던 것보다 강하다. 새벽에 눈을 뜨자마자 정원에 나가보니 함박꽃이 그대로다. 작약 줄기보다 더 가는 끈끈이대나물꽃도 바람을 잘 견디고 서 있다. 하늘정원은 아파트 24층이다. '바람골'이라 불릴 정도로 바람이 많이 불고, 옥상 층이라 한여름에는 불볕난다. 식물들의 보금자리로는 열악하기 그지없다. 모진 고난을 이겨낸 식물들이 대견스럽다. 식물들은 비바람을 견디는 재주가 있다. 인간에게도 식물처럼 삶의 어려움을 견디는 능력이 잠재하리라. 어찌 보면, 나도 식물들을 가꾸며 그 기운에 힘입어 살아가는 지도 모른다.

하늘정원은 전원주택의 축소판 정원이다. 아파트 복층의 테라스에 나무로 화분을 짜서 만든 꽃밭이다. 직장인은 현실적으로 마당 넓은 집에 살기에는 손도 많이 가고 어려움이 많다. 마당을 간절히 원하니 신도 감읍했는지 테라스 딸린 아파트 복층을 선물로 주신 것이다. 정원에는 백매와 홍매, 해당화, 가침박달 등속의 꽃나무와 토종 야생화까지 백여 종이 넘는다. 계절마다 피고 지는 식물들이 있어 날마다 새롭고 흐뭇하다.

식물을 키우기 시작한 지 만 5년이 넘는다. 아직도 식물에 관하여 모르는 것이 많다. 꽃양귀비는 가냘픈 선이 아름다워 다시 돌아보는 꽃이다. 화려한 꽃송이를 떠받든 가느다란 줄기와 하늘을 날아오르는 듯 얇은 꽃잎의 선에 매료된다. 바람결에 흔들리는 모습은 마치 다양한 나비의 군무를 보는 듯하다. 꽃의 몽환적 매력을 뿌리치지 못하고 늦가을에 복토하여 씨앗을 뿌려 봄날을 마냥 기다린다. 그런데 좋아하는 흰색, 분홍색 등 여린 빛깔의 꽃이 사라지고 있다. 붉은 꽃들만 가득 피어 출렁거린다. 털북숭이 꽃봉오리가 벙글 때마다 기대하건만, 같은 빛깔의 꽃만 피어 아쉽다. 열성이 우성을 지배한다고 하는데, 유전형질의 원리인지도 모른다.

인간의 모습처럼 꽃양귀비도 다양하다. 어느 날은 꽃의 뒷모습만 사진을 찍어 담아둔 적이 있다. 겉모습은 비슷해 보이나 꽃등은 무늬와 색이 다르다. 꽃양귀비도 제비꽃처럼 교잡으로 개체 수를 늘리는 식물이다. 제비꽃을 좋아하여 흰젖제비꽃, 노랑제비꽃, 보랏빛 제비꽃을 키우다가 나만 모르는 진리를 발견한다. 흰색 제비꽃을 고수하고 싶으면, 곁에 다른 색의 제비꽃을 두지 말아야 한다. 꽃양귀비도 마찬가지이다. 같은 색끼리 영역을 달리하여 키워야만 고유의 색을 오래 볼 수 있다. 식물학자도 아닌 무지렁이가 식물의 세계를 어찌 다 알 수가 있으랴. 꽃이 피었을 때, 줄기에 띠지를 붙여 그 씨앗을 별도로 거두는 수밖에 없다.

나는 정원을 서성일 때 예민한 촉수들이 풍경처럼 흔들린다. 삶의 잊힌 기억과 희망하는 무언가를 불러일으킨다. 더덕꽃이 바람결에 흔들리는 풍경의 종을 닮아 「더덕꽃, 울리다」란 글을, 새벽의 소란스러운 정원을 그린 「묘시」란 글을 낳았다. 또한, 제비꽃을 키우며 다문화가정의 아픔을 그린 「제비꽃처럼」이란 글도 있다. 로르카 시인의 말처럼 "들꽃은 꿈을 위해 태어났고,

우리는 삶을 위해 태어났다."고 한다. 식물을 가꾸는 나의 작업은 삶의 소우주를 완성하는 일이다.

오늘도 묘시에 일어나 신들의 정원으로 나선다. 식물의 독법을 풀고 싶어서다. 더불어 식물의 세계를 알면 알수록 인간의 세계가 보이기 때문이다. 삶이든 식물이든 그 의문을 사랑으로 촘촘히 읽어야만 하리라. 어느 작가의 말대로 '독법의 촉수가 예민하고' 섬세할수록 '미학과 지적 세계가 조응하여 완벽한 우주'를 만들리라. 나는 더도 덜도 바라지 않는다. 주변의 소우주에도 선량한 바람이 일길 원한다. 하늘과 접신 중인 꽃봉오리가 나의 마음을 읽은 듯, 털북숭이 껍질을 발치에 툭 떨어트린다.

「현대수필」 2020년 가을호

풍경의 습격

고대하던 붉은 꽃길은 보이지 않는다. 앞서간 사람의 말대로 꽃길은커녕 '거적때기'만 깔려있다. 수백 일을 그리워하다 달려간 지심도이다. 기대가 크면 실망도 큰 법인데, 단 한 명도 언짢은 모습을 찾아볼 수가 없다. 사람들의 시선은 밀려오는 파도에 몽돌 구르는 소리와 푸른 바다를 스쳐온 삽상한 바람에 잠겨있다. 다문다문 핀 동백나무 꽃을 볼 수 있어 그나마 다행인가. 동백나무 숲길을 걸으며 부질없는 욕망을 내려놓는다.

그 누구를 탓하랴. 꽃이 필 날짜를 가늠하지 못한 내 탓이다. 가지 않은 길은 지독한 그리움을 키우며 미련을 남긴다. 인생의 기로에서 화가의 길을 선택하지 않은 것도 내 탓이다. 공부를 잘한다는 말에 덧없는 우쭐함 때문인가. 표면으로 드러난 자신의 재능을 귀히 여기지 않은 결과이다. 세월이 흘러도 사라지지 않는 것이 재능인가. 화가의 꿈은 감각과 손이 기억하여 플로리스트로 이끈 것 같다.

다양한 꽃과 식물을 화병에 꽂는 일은 색채와 선을 다루는 것이 그림을 그리는 일과 비슷하다. 꽃꽂이를 십여 년 넘게 배우고 전시회를 여러 차례 열며 꽃 속에 파묻혀 산 적이 있다. 그래선지 꽃이 보이면, 그냥 스쳐 지나가

지심도 동백

질 못한다. 어떤 구실을 만들어 집안에 꽃 화분을 들여놓거나 아니면 누군가에게 꽃을 선물하고야 만다. 상대에게 어울리는 꽃을 고르고, 꽃을 건네며 그 느낌을 즐긴다. 이제는 정원에 꽃씨를 뿌려 손수 가꾸며 꽃이 나고 자라는 잔잔한 기쁨을 누리고 있다. 이런저런 생각에 두 눈과 두 발은 지심도 구석구석에 핀 꽃을 찾아 헤매고 있다.

지심도에 토종 동백나무를 심은 건 뼈아픈 역사를 잊지 않고자 위함일까. 섬 전체의 수종 약 70%가 동백나무이고 대나무와 소나무 등속의 상록수림이다. 수종을 동백나무로 결정한 것은 아마도 국권을 빼앗겨 피를 토하는 심경과 목숨을 구걸하지 않는 절개를 상징한 것이 아닌가 싶다. 섬을 돌고 도는 길 위에 무시로 발견되는 시들지 않은 동백나무 꽃송이다. 무엇보다 나뭇가지에서 꽃의 목을 무심히 꺾는 걸 바라보면 고개가 절로 끄덕여지리라. 섬의 중간쯤인가. 일본인 관사였던 목조건물 뒤꼍에는 아무 일도 없었다는 듯 무량한 햇살에 매화꽃이 가없이 눈부시다.

지심도 동백

46 | 47

내리막길이다. 문패도 내린 분교로 들어선다. 양지바른 쪽 동백나무가 울창하여 꽃그늘을 드리운다. 수없이 상상한 꽃그늘이 아닌가. 심상 속 켄트지에 무수한 진녹색 이파리 바탕에 빨간색 동백꽃을 점점이 붓 칠한, 자잘한 꽃봉오리들이 금방이라도 후드득 떨어질 듯한 절경이다. 오감을 깨우는 풍경 앞에선 언제나 그랬듯 화가가 되지 못한 걸 못내 아쉬워한다. 예민한 감각을 살려 나의 손가락으로 동백꽃을 마음먹은 대로 표현하지 못하는 미련 때문이다. 무엇보다 흔적 없이 사라질 풍경을 육안에만 담는 것이 아쉬워서다.

누군가의 말처럼 '풍경은 종종 사람을 습격한다.' 갑작스럽게 나타난 진풍경에 사로잡혀 몸도 마음도 흔들리고 마는 것이다. 한 송이의 동백꽃도 좋지만, 꽃무리 속 동백꽃은 더 보기 좋다. 꽃그늘 아래서 꽃 사태를 맞는 상상에 이른다. 그러다 가지에서 꽃송이를 서슴없이 꺾는 모습에 당황하다 못해 충격을 받는다. 푸른 동백나무는 꽃의 처절한 행위를 수없이 목격하며 비애감에 몸부림쳤으리라. 그래도 나무는 아무렇지 않은 듯 내년에도 후년에도 비애를 딛고 업을 반복하리라.

무심히 순환을 거듭하는 동백나무를 바라본다. 시서화詩書畵는 하나의 예술로 통하는가. 화가의 꿈은 뫼비우스 띠처럼 돌고 돌아 사유의 문자에 닿아 있는 걸 이제야 깨우친다. 지금 나는 삶의 애환을 글로 풀어내고 있다. 글이 문자화되기까지 자신을 성찰하며 더불어 상처 입은 영혼을 치유하고 있다. 생활의 구속에서 벗어나 부닥친 풍경의 습격은 대단하다. 상처 깊은 섬이라 동백꽃은 더욱 붉은가. 섬 안에서 영혼의 무늬는 꽃으로 피어나고, 지문은 글로 남는다.

《한국수필》2020년 2월호 포토에세이 발표

자연은 알 수 없는 존재투성이다

표정이 난무하는 바닷가다. 둘레 길을 돌다 걷기를 시작한 처음 지점에 닿았을 즈음이다. 현무암에 조각한 사람의 표정을 발견한다. 성난 표정과 토라진 표정, 미소 머금은 모습을 보다가 신기한 표정에 시선이 머문다. 바위 틈에 피어난 가녀린 들꽃을 익살스러운 표정으로 바라보는 바위다. 들꽃이 물기 없는 바위틈에서 피어난 것만 해도 갸륵하지 않은가. 그런데 장난기 어린 바위의 표정은 마치 꽃에 농을 거는 듯 절묘하다.

처음 그 자리에는 들꽃은 없었으리라. 바람이 통하는 구멍 숭숭 난 바위라 그 안에 물이 고이고 풀씨가 떨어져 싹을 틔웠으리라. 조각가는 들꽃을 예상하지 못했고, 바위에 인간의 군상을 표현하고 싶었던 것일까. 어쨌거나 둘의 시선만으로도 신선한 기운이 감돈다. 바위 표정에 이끌려 톺아보다 둘의 모습에 딴죽을 걸어본다. "바위야, 하고많은 표정 중 왜 하필 그 표정이냐?"고. 그들이 전하고 싶은 의미가 무엇인지 궁금하다.

마라도 바닷가 둘레 길을 쉼 없이 걷고 있다. 그러다 더위에 지칠 무렵 멀리 빨간 집이 보인다. 그 집은 나에게 어서 오라는 듯 손짓을 하는 것 같다. 가게로 빨려 들어가듯 문턱을 넘는다. 바다가 배경인 그늘진 의자에 풀썩 주저앉아 바다색처럼 시원한 음료를 마시며 더위를 식힌다. 또 그렇게 푸른 바다에 시선을 주고 있다. 바다를 원 없이 바라보다 돌아가는 거다. 사방이 바다이니 그 바다가 나의 전부를 바라보고 나의 행동을 읽고 있는 건 당연한 일. 나도 바다에 질세라 시선을 거두지 않는다.

가게 주인에게 대문 앞 무더기로 핀 흰 꽃의 이름을 물어본다. 그는 단답형으로 꽃의 이름만 말하고 입을 다물어 버린다. 그리고 물리지도 않는지 또 바다를 바라보고 있다. 귀에 익은 꽃, 문주란이다. 바다를 향하여 병약한 소녀가 흰 손을 흔드는 느낌이다. 바다를 향하여 손을 흔들던 소녀가 몸을 돌려 나를 바라볼 것만 같아 시선을 돌린다. 머릿속 생각을 부정하듯 괜스레 음료수병에 담긴 빨대를 세게 빨아댄다. 바람결에 아지랑이처럼 아른거리는 문주란이 나의 감성을 흔들어 놓는다.

마라도에선 모든 만물이 바다를 닮아가나 보다. 나 또한 바다가 이끄는 대로 묵묵히 시선을 보내고 있다. 바다를 바라보다 점점 물빛을 닮아가는 푸른 선인장이 싱그럽고, 바다를 하염없이 바라보다 기린 목처럼 길어진 참새가 보기 좋다. 바닷가 둔덕에서 그립고 그리운 임을 기다리다 고사목처럼 말라버린 수국을 발견한다. 수국의 배경이 된 푸른 바다가 왜 그리 서럽게 느껴지는가. 망부석이 떠올라서다. 참새도 마른 수국처럼 돌이 되어 남을까 새가 앉았던 자리를 돌아보게 된다.

바닷가 주변에서 만난 대상들은 나에게 무언의 말을 건네는 성싶다. 내가 사는 곳은 내륙이라 바다에 굶주린 지역이다. 나처럼 육지를 떠나 머나먼 바다를 찾은 사람들, 그들은 바다에서 무엇을 얻고자 서성이는 걸까. 이곳 마라도에선 동행이 있어도 마음이 시키는 대로 몸을 움직이느라 서로 말이 없다. 복잡한 일상에서 벗어나 단 하나의 색인 푸른색을 쫓아 걷고 있을 뿐이다. 순간 반칠환의 시詩가 떠오른다. "새똥, 곰똥, 달팽이 오줌/ 다 씻어 내린 계곡 물이/ 맑다"더니 모든 것을 감싸 안은 바다와 하늘이 티 없이 맑다. 나도 저들과 하나가 된 느낌이다. 정녕 '해맑은 거짓말을 잘하는' 자연은 '시치미'도 잘 뗀다.

우주 만물은 언제 어디서나 소통을 원하는 것 같다. 바다를 향하여 핀 문주란과 마른 수국, 그리고 바다를 하염없이 바라보던 참새가 누군가와 이야기 중이리라. 예정에도 없던 바위 틈새 들꽃의 거룩한 탄생, 그것은 표정 없이 정색하며 살아가는 인간에게 주는 반전의 의미가 아닐까 싶다. 이 모든 걸 알면서 천연덕스럽게 시치미를 뚝 떼고 있는 자연은 참 알 수 없는 존재투성이다.

자연은 신의 사랑을 보여준다고 했던가. 우리가 무슨 짓을 하든 자연은 우리에게 끊임없이 사랑을 베풀고 있다. 지기 자신의 잃어버린 표정을 되찾아 육지로 돌아가는 사람들을 보라. 나 또한 부질없는 상념을 바다에 묻고 즐거운 표정으로 섬을 나선다.

꽃잎을 줍다

내 안에 봄꽃은

봄꽃들이 아우성이다.

매화, 개나리, 목련화 꽃봉오리

톡톡,

팡팡,

툭툭,

꽃망울 터트리는 소리

세월만 좀먹는

내 안에 봄꽃은 언제 터지려나.

◀ 매화

꽃잎별곡

바람도 쉬어가는 날 선암사로 향한다. 활짝 핀 꽃을 보고자 찾은 고찰에서 난분분한 낙화의 모습에 넋을 놓는다. 꽃잎이 바닥에 분분함과 꽃이 진 자리가 눈물이 나도록 아름다운 줄 미처 몰랐다. 고색창연한 솟을대문 기와 지붕 위로 꽃잎이 하염없이 스러져 기왓고랑을 붉게 메운다. 높고 높은 곳, 꽃의 무덤이 지붕인가. 꽃잎이 묻힐 자리가 어디 그곳 한 곳이랴. 계절이 바뀌는 시기니 세상천지가 꽃 무덤이다.

바닥을 덮은 꽃잎을 차마 밟지 못하고 주춤거린다. 꽃의 짧은 생애가 전해지는 듯 온몸에 전율이 감돈다. 꽃은 마치 죽음으로 항변을 하는 듯하다. 그렇지 않으면 대지를 이렇듯 붉게 물들일 수 있으랴. 우아한 자태를 뽐내던 목련꽃이 질 때도 거뭇거뭇 자취를 남기지 않던가. 선암사 겹 벚꽃은 다르다. 꽃잎이 하롱하롱 지는 모습에 덩달아 흔들리지 않고는 못 배기리라. 돌담 사이로 난 흙길을 꽃잎으로 붉게 뒤덮고, 그것도 모자라 나그네의 가슴도 붉게 물들인다.

◀ 홍벚꽃

돌연 이형기 시인의 "가야 할 때가 언제인가를/ 분명히 알고 가는 이의/ 뒷모습은 얼마나 아름다운가"라는 시詩가 떠오른다. 존재의 허무를 드러낸 꽃의 주검에 가슴이 먹먹하다. 지상을 덮은 꽃잎이 서럽게 다가오고, 눈물이 나도록 애잔하다. 삶과 죽음, 자연의 순환 고리라고 여기기엔 아쉬움이 남는다. 짧은 생애를 알고 온몸을 불사르다 스러진 꽃의 절명, 꽃의 비애다. 피를 토하듯 지상을 붉게 물들인 생의 역력한 흔적을 나그네는 목을 길게 내밀고 애수에 잠긴다.

영원불멸한 것은 없다. 인간도 꽃의 생애와 다르지 않으리라. 진시황제는 불로장생에 대한 열망에 집착하여 불사의 약을 구하라고 명한다. 산동성에 머무는 서복이란 자가 그것을 교묘히 이용한다. 서복은 수십 척의 배와 수천 명을 동원하여 불로초를 구하러 떠났으나 돌아오지 않는다. 결국, 진시황은 돌아오지 않는 배를 학수고대하다가 오십 세에 생을 마감한다. 그야말로 부질없는 열망이 낳은 전설이다.

한 치 앞도 모르는 것이 인간의 삶이지 않던가. 불의의 사고로, 불치의 병으로 죽음을 맞이하는 사람들도 허다하다. 또 남의 탓을 좋아하는 사람들은 세상이 나를 가만두지 않는다고, 갖은 욕망을 부추긴다고 위무하며 세월을 헛되이 보낸다. 애써 지키고자 했던 것들의 부질없음을 경험하고 후회한 사람이 어디 한두 명이랴.

세상에 불로초는 따로 없다. 선암사 꽃길을 걸으며 불로초는 인간이 아닐까 하는 생각에 이른다. 내 곁에서 꽃이 진 자리를 애잔한 눈빛으로 바라보며 가슴이 울렁인다고 말하는 벗이다. 아니 '봄 한철 격정의 인내'를 겪고 하르르 스러지는 봄꽃이 눈물이 나도록 아름답다고 읊는 시인이다. 꽃과 나무처럼 순리대로 소박한 삶을 살아가는 사람들이 불로초다. 바닥에 떨어진 꽃잎을 밟지 못하고 서성이는 심성을 가진 이와 오순도순 살아가니 무에 부족하랴. 그리 살아가면 한세상 잘 살았다고 말할 수 있으리라.

우주 만물은 나그네의 심상과는 무관하게 같은 자리를 돌고 돈다. 지금 벚나무는 꽃이 진 자리에 신록을 만드느라 분주하고, 산길에 누운 꽃잎은 말을 머금고 묵언 수행 중이다.

『에세이문학』 2017년 봄호 '봄 에세이'

눈꽃처럼 수수하다

청주 화장사에서 '2016년 부처님 오신 날'에 선물 받은 가침박달(천연기념물 제387호). 꽃봉오리가 하얗게 터지는 건, 봄이 무르익었다는 증거다. 24층 아파트 꼭대기 층 척박한 환경에서 사월이면 어김없이 눈부신 꽃을 베푸는 나무가 고맙다. 매일 아침저녁으로 꽃을 마주하는 소소한 기쁨에 감사한 새벽이다. −2019년 4월 18일

내 입에서 감탄사가 샛별처럼 쏟아진다. 지금 하얀 가침박달 꽃이 한창이다. 죽은 듯 메마른 가지 끝에서 꽃과 잎이 피어나 참으로 신비롭다. 오늘은 중앙공원에서 국수 나눔 행사와 세미나로 분주하지만, 내일은 탁자에 파라솔을 펴고 앉아 그대와 향기로운 차 한 잔 나누며 꽃과 함께하련다. −2019년 4월 20일

꽃잎이 눈꽃처럼 수수하다. 흰 가침박달 꽃나무 아래서 은은한 차 한 잔 기울이기 좋은 날. 모처럼 집에 온 아들과 꽃밭에서 소소한 행복을 즐긴다. −2020년 4월 15일

가침박달 꽃이 드디어 피었다. 광대한 흐린 하늘도 가리지 못한 환한 꽃빛이다. 주말 내내 하늘정원을 오르락내리락할 듯싶다. 매서운 겨울을 잘 이겨내고 꽃을 피운 꽃나무가 고맙다. −2021년 4월 3일

◀ 가침박달

들꽃 예찬

봄은 가장 낮은 곳에서부터 시작된다. 만약 꽃을 찾아 산으로만 오른다면 봄꽃을 모두 보진 못하리라. 봄의 여신은 내 발치에서도 손짓하고 있다. 작은 들꽃들은 이제나저제나 사람의 눈길을 기다린다. 그러나 인간은 봄꽃을 지척에 두고 파랑새를 찾아 떠나듯 먼 길을 떠난다. 나 또한, 봄을 느끼고자 많은 시간을 허비하고 돌아온 적이 어디 한두 번인가. 낮은 곳에 귀를 기울여보라. 들꽃들의 소리 없는 아우성이 들리지 않는가.

내가 봄이라고 느낀 순간은, 냉이를 보았을 때다. 논둑길 잔설이 남은 동토를 뚫고 불쑥 오른 검붉은 냉이. 봄이 올 즈음 언 땅에서 캔 냉이는 뿌리가 굵고 길며 향기가 짙다. 그러나 봄이 무르익고 냉이꽃이 필 즈음 냉이는 뿌리가 잔털이 많고 얇으며 향기가 거의 없다. 같은 냉이인데, 날씨 탓으로 돌리기엔 참으로 신기한 현상이다. 냉이도 계절 앞에서 물러날 때를 알고 있는 것이 아닌가 하는 엉뚱한 생각을 해본다.

봄이 오면 신고식처럼 된장을 푼 냉잇국을 끓인다. 국을 끓이는 내내 그 향기에 취한다. 무엇보다 겨우내 움츠렸던 심신과 입맛을 달래 줄 음식으론,

삼삼한 냉잇국만 한 게 없다. 냉이는 우리에게 오랫동안 알게 모르게 봄의 시작을 알렸고, 우리의 건강과 식탁을 단연코 차지하고 있었던 것이다.

봄이 어느 정도 무르익으면, 냉이는 가느다란 줄기 끝에 앙증맞은 하얀 꽃을 매달고 더펄더펄 흔들거린다. 누구의 손도 빌리지 않고, 황새냉이꽃은 꽃다지와 소소한 꽃밭을 이룬다. 키가 크다고 허공만 보고 다닌다면 보지 못할 꽃들이다. 하지만 작다고 함부로 대하면, 아니 되리라. 올봄 가녀린 꽃들은 나의 마음을 마구 뒤흔들어 놓다 못해 자꾸 밖으로 이끌고 있잖은가.

목에 힘주고 허리가 꼿꼿한 사람은 봄까치꽃을 보지 못하리라. 이 꽃을 보려면 예를 갖추고 녀석을 알현해야만 한다. 무릎을 꿇고 절을 하는 양 엎드려야 겨우 만날 수 있는 앙증맞은 꽃. 꽃이 피지 않으면 들풀처럼 여겨지고, 무심코 스치면 너무 작아 눈에 들어오지도 않는다. 어쨌거나 녀석의 생명력과 종족 번식력은 대단하다. 조그마한 틈새에 흙과 햇볕이 있으면 보금자리를 만든다. 후미진 개나리 울타리와 담장 아래, 드넓은 산디밭을 순식간에 점령한다.

명자나무와 목련 꽃이 피지 않은 때이다. 청보랏빛 보석을 뿌린 듯 깨알같이 반짝이며 그의 본색을 드러낸다. 꽃을 자세히 바라보니 참 맹랑한 녀석이다. 달팽이 더듬이처럼 생긴 것이 수술인 것 같은데, 마치 두 눈을 껌벅거리며 나를 쳐다보는 것이 성싶다. 작은 들꽃이지만, 있을 것 다 있는 꽃이다. 나도 모르게 청보랏빛 매력에 빠져든다. 녀석을 어루만지고 싶지만, 손톱보다 작고 꽃잎이 으스러질까 그저 마음뿐이다.

요즘 나는 작은 들꽃에 매료되어 있다. 그러다 보니 걸을 때는 으레 땅을 살피며 걷게 된다. 나의 눈은 작은 꽃들을 찾고 있는 거다. 봄까치꽃이 하루가 다르게 빛을 발하며 가족을 늘리는 것에 미소를 보낸다. 그리고 향나무 아래 꽃밭을 이룬 냉이 꽃에 '너희 참 예쁘다'고, 돌 틈에 핀 민들레 보고 '너 참 기특하다.'고 말을 걸어본다.

올봄은 어느 해보다 자디잔 들꽃의 아름다움을 몸소 느낀다. 그들의 생명력을 바라보며 감탄을 금할 수가 없다. 어찌 보면 꽃다지, 주름잎, 쇠별꽃, 꽃마리, 제비꽃 소외된 들꽃들이다. 꽃이 너무 작아 서서보면 시선에 들지 않는다. 앉아서 눈을 크게 뜨고 찾아야만 한다. 내가 꽃들의 이름을 불러 준 것이 얼마인가. 그의 이름을 몰라 그저 보고 스친 적이 많다. 그러나

지금은 꽃을 카메라에 담아 와 식물도감에서 찾아 그의 이름을 불러준다. 들꽃들을 하나씩 알아가는 소소한 기쁨을 즐기는 나를 발견한다. 작은 풀꽃 이름을 하나하나 알아갈수록 세상도 달라 보인다.

통도사로 홍매화를 보러 갔던 나를 돌아본다. 세상에 널리 알려진 꽃 앞에서 사람들이 벌떼처럼 몰려있지 않았던가. 그 무렵 작은 들꽃들은 소외된 곳에서 하나의 풍경이 되어 꽃을 활짝 피우고 있었던 것이다. 어디 들꽃뿐이랴. 사람도 내로라하는 사람들에게만 관심을 보이지 않던가. 내 주위에 소외된 이웃이 있는지 주의 깊게 돌아볼 일이다.

벚꽃이 바람결에 꽃보라가 일어난다. 봄꽃들이 하나 둘씩 스러지고 있다는 증거리라. 봄철도 한때다. 들꽃이 지기 전에 한 번 더 보려고 산책을 나선다. 길섶에 핀 봄까치꽃이 여느 날보다 사랑스럽다.

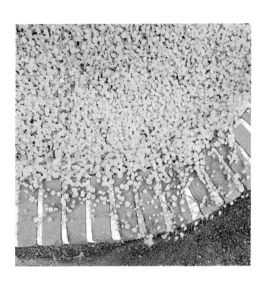

하심下心

자잘한 줄기를 뻗어 영토를 넓힌다.

자신의 자리를 통 내주지 않는 향나무 발치에서,

그늘진 땅에서, 식물은 잘도 자란다.

자신의 처지를 아는가.

키를 키우지 않고 포복 자세로 성장하는 식물.

잎만 보고 덩굴식물인 줄 알았는데,

노란 꽃대가 올라 톺아보니 좀씀바귀꽃이다.

줄기와 꽃을 따로 보며

식물을 안다고 여겼는데 제대로 아는 것이 없다.

◀ 좀씀바귀

들꽃처럼

단비가 오달지게 내린 날이다. 경비실 쪽으로 달려간다. 혹여 간밤에 내린 비에 섭슬렸을까 녀석의 안부가 궁금해서다. 화단 귀퉁이에 오종종 피어 나의 오감을 일깨운 들꽃이다. 비를 머금은 제비꽃은 참으로 청초하다. 물기로 꽃잎의 빛깔은 더욱 곱고 찬란하다.

제비꽃은 도통 환경을 탓하지 않는다. 대부분 양지바른 곳 척박한 땅에 피는 들꽃이다. 햇빛과 흙이 있다면 잘 자란다. 척박한 도로 경계석 돌 틈과 절벽 틈새에서도 자라니 생명력이 강한 꽃이다. 나의 눈을 사로잡은 들꽃은 그나마 보금자리가 좋은 편이다. 얼마 전 경비원이 잔디밭을 가꾸다 군락을 이룬 제비꽃을 모두 뽑아버리기가 아쉬워 화단에 옮겨 심은 것이다.

개체 수가 많은 꽃 중의 하나가 제비꽃이다. 지천으로 깔린 보랏빛 제비꽃 외에도 해발 500m 약간 높은 곳에서 자라는 노랑제비꽃, 흰 꽃에 이파리가 갈라진 남산제비꽃, 산과 들의 습기가 있는 땅에서 자라는 콩제비꽃, 잎이 초승달 모양인 반달콩제비꽃, 꽃과 이파리의 색깔이 비슷한 녹색남산제비꽃도 있다. 우리나라에 자생하는 제비꽃이 육십여 종이 넘어 모두 열거할 순 없지만, 녀석들은 종족을 보존하고자 교잡종이 쉽게 일어난다.

◀ 제비꽃

그리 보면, 제비꽃은 언제 어디서나 화합하길 좋아한다. 그 빛깔과 모습이 바뀌어도 개의치 않는 듯싶다. 요즘 나이와 국경이 없는 결혼관처럼 의식이 바뀌고 있다. 내 주위에도 베트남 여성과 결혼한 동료가 여럿이다. 나라 간 문화 차이를 잘 극복하고 살아가는 가정이 있는가 하면, 주위에서 그들을 받아주질 않아 힘겨워하는 가정도 있다.

베트남 사업부로 파견된 사십 중반인 노총각 동료는 그곳 여성과 결혼하여 아이까지 낳는다. 부인은 시어머니가 아프서서 아이를 데리고 먼저 한국으로 들어온다. 그녀는 치매 걸린 시어머니를 내 부모처럼 지극정성으로 보살펴 주위의 칭찬이 자자하다. 얼마 전에는 이웃의 추천으로 자랑스러운 효부상도 받았다. 일 년 뒤에는 동료도 귀국하여 온전한 가정을 꾸리게 된다.

그런데 아이가 입학하며 문화적 차이로 고통을 겪는다. 같은 반 아이들이 엄마의 얼굴 생김새를 가지고 놀린다는 것이다. 아이는 학교에 엄마가 오는 걸 꺼려 바쁜 중에도 동료가 직접 학교를 찾는단다. 어디 그뿐이랴. 다문화 가정에서 문제점으로 드러나는 요인이 후진국 사람이라고 아래로 보는 경향과 남편의 가부장적 태도란다. 어떻게 사람이 사람을 적대시하고 사람 위에 군림을 하려는지. 참으로 시대적 착오를 크게 범하는 사람들이 있다.

사진 속 녹색남산제비꽃이 사람들에게 너희 사랑은 고작 그 정도냐고 조롱하는 듯하다. 인간은 왜, 제비꽃처럼 살아갈 수 없는 것일까? 새로운 사람을 만나 이해와 배려는커녕 자신을 바꾸려는 노력조차 하지 않고, 일방적으로 그녀가 모든 걸 자신에게 맞추길 원하는가. 녹색남산제비꽃도 처음엔 남산제비꽃으로 태어났다. 이어 주변에 함께 자라던 다른 모습의 제비꽃과 사랑을 나누게 된다. 사랑이 깊어진 제비꽃은 이 년 뒤에 꽃의 색깔이 전혀 다른 모습으로 새롭게 태어난다. 녹색의 한 빛깔과 한 몸으로 거듭난 것이다. 제비꽃의 생태 변화가 눈앞에 바로 그려지지는 않지만, 중요한 것은 많은 시간을 서로 보듬으며 새로 태어난 것이다.

작은 들꽃의 섭리에서 사랑의 진리를 깨우친다. 동료 부부도 환경이 전혀 다른 곳에서 살았던 사람들이다. 그녀가 우리와 다른 모습이라 낯설지라도 이웃은 적어도 서로에 대하여 알아보려는 노력과 최소한 알아 갈 시간이 필요하지 않나 싶다.

지구촌이란 말이 실감이 나는 시대다. 방금 일어난 사건이 실시간으로 전파되고, 어느 곳에서나 현장에 있는 것처럼 소식을 접한다. 시공간적 틈새가 좁혀질 대로 좁혀진 세계이다. 가까운 미래에는 그 시차가 점점 더 좁혀지리라. 그런데 지금도 어떤 나라에선 인종차별로 총질이 난무한다. 아니 보이지 않는 질시로 상처를 입은 이웃이 많다. 흑인과 백인, 내국인과 외국인,

사람과 사람 사이에 차별과 이방인 취급은 알 수 없는 일이다.

보금자리를 옮긴 제비꽃은 염려와 다르게 튼실하게 자라고 있다. 참으로 기특한 녀석들이다. 자리 탓 한번 안 하고 참고 견뎌낸 결과가 아닐까 싶다. 들꽃처럼 다문화 가정을 바라보는 우리의 시선도 바뀌어야 한다. 내 모습과 다르다고 손가락질할 것이 아니라, 서로에 대한 배려와 조력자로 끊임없는 응원이 필요하다. 녹색의 몸빛으로 하나가 된 제비꽃처럼 지구촌 사람도 하나라는 생각으로 다름을 인정하고 보듬는 지혜를 배워야 한다.

내 주위에 작은 들꽃을 가꾸는 이웃이 있어 행복하다. 나태주의 시처럼 이름 모르는 풀꽃도 "자세히 보아야 예쁘고", "자주 보아야 사랑스럽다"라고 하지 않던가. 척박한 땅에 사랑의 뿌리가 단단히 내릴 수 있도록 응원해주어야 한다.

조선일보 에세이, 2015년 3월 18일 게재

재잘거리는 손녀처럼

색색의 얼굴을 뾰족 내미는 꽃봉오리가 재잘거리는 손녀처럼 사랑스럽다. 채송화가 매화나무 아래 더부살이 중인데, 눈치를 보지 않는지 숲처럼 무성하다. 채송화도 태양을 따라 움직이나 보다. 이른 새벽이나 퇴근하여 저녁 무렵 마주하니 꽃잎을 잔뜩 오므린 모습만 바라보게 된다. 이제 주말이 다가오니 꽃들의 재잘거리는 모습을 마주할 수 있다.

스스로 껍질을 벗어야만

꽃방의 주인 어른왕자님이 챙겨 준 씨앗을 화분에 심었다.

드디어 꽃 한 송이가 피어 나를 기쁘게 한다. 식물을 매일 마주하며 생태를 살피니 몰랐던 부분까지 알게 된다. 털북숭이 개양귀비가 껍질을 탈피하는 인고의 시간은 거룩하다. 껍질을 벗겨주고 싶은 마음에 손을 앞으로 내밀었다 도로 접는다. 스스로 껍질을 벗어야만 세상을 살아갈 수 있다는 진리가 떠올라서다.

오묘한 진리를 직접 보려면 새벽에 깨어 있어야 한다. 게으름을 피우면, 껍질은 이미 바닥에 떨어져 있다. 게으르면 볼 수 없는 광경이다. 놀라운 일이 어디 그뿐이랴. 꽃송이는 천마 줄기에 의지하나 움츠러들지 않고 화려하게 피어나 열매까지 맺는다. 생명력 강한 개양귀비를 바라보며 백 마디 말보다 귀한 깨우침을 얻는다.

◀ 개양귀비

꽃잎을 줍다

유월, 묘시의 정원은 꽃잎이 난분분하다. 낙화한 꽃잎을 주워 손바닥에 올려 한참을 바라본다. 나의 생과 한 계절을 함께한 개양귀비 꽃이다. 아직은 꽃의 색이 선명하여 버리기가 안타깝다. 검은 약탕기에 물을 붓고 꽃잎을 가만히 띄운다. 검은 도자 안에 붉은 꽃잎들, 그렇게 꽃잎의 수명을 늘린다. 꽃잎을 수장한 것처럼 보일지도 모르나 누가 뭐래도 좋다. 내가 할 수 있는 꽃에 대한 최소한의 예의, 삶의 즐거움을 안겨준 꽃들에 고마움의 의식이다.

꽃등을 켠 듯 오묘하다

마음은 어느새 안동 봉정사에 닿아 있다.

극락전 뒷마당 돌담 아래 핀 매발톱 군락이 그리워서다.

하늘정원에 그날 본 매발톱이 붉은 꽃등을 켠 듯 오묘하다.

보슬비가 내려 연둣빛 녹음이 짙은 봄날,

그렇게 많은 매발톱 꽃무리를 본 건 처음이다.

그 자리에 털석 주저앉아 분위기에 취했던 기억을 잊을 수가 없다.

그리운 절경을 보고 싶은 마음을 정원에 핀 한 줄기 매발톱으로 달랜다.

코로나 19로, 생업으로, 발이 묶이니 어쩌랴.

내 안에서 안분지족 할 수밖에.

◀ 매발톱

함박웃음으로

작약이 함박웃음으로 피어나기 시작한다.
지난해는 한 송이,
올해는 두 송이,
외롭지 않고 의지되어 좋겠다.

퇴근하여 집에 돌아오니
작약이 활짝 피어 반긴다.
'아~, 조금만 천천히 피어나지, 아쉬워라.'
혼잣말로 중얼거린다.

◀ 작약

순수를 머금다

매화꽃이 스러지고 가지마다 꽃받침만 붉게 남는다. 붉은 기운이 전파되었던가. 그의 곁에 산당화가 붉디붉다. 붉음에서 나의 시선을 돌려 사로잡은 돌단풍이다.

돌단풍이란 그의 이름. '돌'은 꽃의 모습과는 연관이 없는 듯싶다. '단풍'은 푸른 이파리가 조금 닮기는 했던가. 잎이 단풍잎과 비슷하나 어른의 손바닥 크기로 무지막지하다.

돌단풍은 흰색의 순수를 머금은 아리따운 꽃이다. 꽃 이름과는 다르게 주위를 환하게 밝힌다. 올봄엔 매화나 산당화보다 더욱 내 마음을 순수로 물들인다.

◀ 돌단풍

동생이 선물한 아마릴리스

구근의 꽃을 피우는 일은 쉽지 않다. 인내와 끈기가 필요하다. 무엇보다 생태를 잘 알아야만 한다. 온도와 습도 그리고 햇볕과 바람의 양이 적당해야만 한다. 하늘정원을 가꾼 지 6년째, 아직도 나의 구근은 꽃을 보기가 어렵다. 튤립, 백합, 아마릴리스 등 구근을 심었는데, 얼어 죽거나 말라죽어 안타깝다. 구근에 꽃을 피우려면 아직도 넘어야 할 산이 많은가 보다.

2년 전 동생이 선물한 아마릴리스 구근. 화분에 심어 무심한 듯 실내 베란다에 놓아두었더니 순간에 꽃대를 올렸다. 날마다 조금씩 여린 핑크빛 고운 꽃을 피운다. 이제야 구근과 교감이 이뤄지는가. 구근은 세심한 배려와 정성은 필요치 않는가 보다. 아무래도 지극한 정성과는 무관한 것 같다. 삶을 돌아보니 인간관계도 식물도 조금은 무심하게 버려둘 필요가 있다.

바람골인 24층 하늘정원은 땅의 기운이 모자라다. 나의 바람과는 다르게 생명력 강한 식물만 살아남는다. 환경이 열악한 하늘정원에서 백여 종의 꽃과 나무를 볼 수 있다는 것만 해도 감사한 일이다. 아마릴리스가 '꽃순이'의 열정에 고운 꽃으로 보답하고 있잖은가.

◀ 아마릴리스

염원의 공간에는

유년시절 기와집 장독대가 그리워 이사할 때마다 항아리를 껴안고 다녔다. 이제야 자리를 잡는가. 24층 하늘정원에 장독대를 만들어 크고 작은 장독들을 진열하며 꽃밭을 꿈꾼다. 나무로 짠 화분에 꽃들을 심어 예전에 살던 기와집 마당의 꽃밭 흉내를 내본다.

내 기억으로는 장독대는 염원의 공간이다. 어머니가 새벽에 일어나서 정갈히 정화수를 떠 장독에 올려놓고 비손하던 모습이 눈앞에 선하다. 장독대 옆으로 기다란 마당에 꽃들이 흔들리던 풍경이 눈앞에 선하다. 유년시절 마당에는 미루나무 세 그루가 줄지어 서 있고, 이어 키가 큰 순서대로 해바라기와 백합, 붓꽃과 개양귀비가 계절별로 피어나던 꽃밭이다.

유월의 싱그러운 아침. 하늘정원 장독대 주변에 예전처럼 청보랏빛 붓꽃이 피어나 푸른 이파리들이 바람결에 흔들린다. 마당 한쪽에서 고무줄놀이를 하는 친정 자매들의 웃음소리가 들리는 듯하다.

◀ 붓꽃

해
바
라
기 연
가

더덕꽃, 울리다

드디어 울렸다. 온 집안에 맑은 종소리가 울려 퍼진다. 얼마나 고대하던 종소리인가. 이 울림은 바람을 타고 멀리 사는 그대에게도 닿으리라. 소리의 진원지는 하늘 가까이 솟은 초고층 아파트 테라스. 그곳에 식물이 자랄 수 있느냐고 고개를 갸우뚱하던 그대의 얼굴이 떠오른다. 보란 듯 긍정의 꽃을 피운 나의 두 어깨에 힘이 들어가고, 얼굴엔 회심의 미소가 가득하다. 지금 바로 그대에게 인증사진을 전송하련다.

성덕대왕신종의 울림이 이만하랴. 신기의 울림을 듣고자 조석으로 공을 들인 것이 몇 날 며칠인가. 연일 내리 쬐는 불볕더위에 잎끝이 마르고 바람에 찢기는 상처도 입었다. 사는 곳이 '바람골'이라 온몸이 강바람에 갈기갈기 찢어질까 벽에 착 달라붙어 긴장을 늦출 수가 없었으리라. 갖은 생채기와 고통을 이겨낸 대가이다. 아니 그와 내가 한마음으로 일궈낸 믿음의 꽃이다.

◀ 더덕꽃

종소리의 장본인은 더덕꽃이다. 겉모습이 단아하기 그지없다. 바람이 슬쩍 스치기만 해도 좋은 소리가 울릴 듯하다. 큰 수술 하나에 작은 수술 다섯 개가 돌려나 있다. 겉모습은 연둣빛 종 모양에 속살은 자주 빛 점박이로, 끄트머리는 다섯 갈래로 약간 말아 올라간 듯 프릴 달린 자갈색 치마를 입은 듯하다. 지인은 꽃부리 끝 자갈색 빛깔이 고운 한복 저고리의 소매 끝동 같단다. 다른 이는 겉과 속이 다른 꽃이라고도 표현한다.

더덕 꽃을 톺아보면 참으로 오묘하다. 작은 꽃부리의 겉모양은 단순하나 꽃잎 무늬와 색감이 독특하다. 고 작은 꽃에 독특한 마력이 있다. 단순하다 못해 수수하고, 화려한 것 같으면서 애잔하다. 어찌 보면, 꽃잎 중심의 심지(수술)에선 흔들리지 않는 뚝심도 보인다. 강바람에 끄떡 않고 잘 버텨준 꽃이 대견하다.

덩굴줄기를 보고 그의 이름을 맞히는 이가 없다. 모두 시장 좌판이나 밥상에 오른 더덕 뿌리만을 탐한 것이다. 꽃 이름을 알려주자 입맛을 다시며 조만간에 더덕구이를 먹게 생겼다며 흥얼거린다. 하지만 나는 더덕 뿌리엔 전혀 관심이 없다. 종 모양의 더덕 꽃을 보고자 애정을 쏟은 것이다. 사람을 끄는 이상한 힘을 가진 야생의 더덕 꽃에 매료된 탓일까. 꽃 모양에서 생뚱맞게 산사에 풍경소리를 떠올린 것이다.

　꽃의 생성을 줄곧 지켜보며 나의 상상력은 오로지 종소리에 닿아 있다. "우리는 마음으로 보아야만 잘 볼 수 있다. 본질적인 것은 눈에만 보이지 않는다."라고 어린 왕자는 말하지 않았던가. 덩굴줄기가 길게 뻗어 올라 꽃이 피어나길, 종의 울림을 고대한 것이다. 그러다 문득 꽃의 전생이 만인의 심금을 울리는 거대한 종이었는지도 모른다는 생각에 다다른다.

더덕을 애지중지 가꾸며 마음에 종소리를 키운 것이다. 드디어 자연이 수놓은 덩굴줄기에 종 모양 꽃들이 대롱대롱 매달려 흔들린다. 집안에 청아한 울림이 가득 퍼지리라. 그 울림으로 온갖 고통과 시름을 지우고, 덧없는 일상에 잠자던 감각과 의식을 일깨운다. 삶에 긍정의 꽃으로 향기로운 기운을 불어넣은 더덕꽃. 이제 고대하던 꽃이 피었으니 여러 날 은은한 종소리에 파묻혀 살리라.

『에세이포레』 2015년 겨울호

잠 못 이룬 밤에

　노을빛 손톱이 탄생하였다. 손톱에 봉숭아 꽃물들임은 그리움의 산물이다. 저문 해가 산허리로 넘어갈 즈음 서편 하늘은 주홍빛으로 곱게 물든다. 산 그림자 누운 강물도 물들고 강물을 바라보는 내 얼굴도 점점 붉어진다. 두 눈에 노을이 넓게 퍼지면, 눈물이 그렁그렁해진다. 눈앞에 지나간 추억이 어룽거리고 세상을 등진 그리운 얼굴들이 떠올라서다. 특히 울 밑에 핀 봉숭아 꽃잎을 조심스레 따던 당신의 모습이 눈에 선하게 그려진다. 손톱 위에 가만가만히 꽃물을 들이던 친정어머니의 따스한 손길이 몹시 그립다. 꽃물들이기는 정성의 산물이다. 봉숭아꽃은 요즘 마당이나 화분에 일부러 심지 않으면 보기 어려운 꽃이다. 활짝 핀 붉은 꽃과 짙푸른 잎을 따 그늘에 약간 말린다. 숨죽은 것들을 절구에 자잘하게 찧어 냉동실에 얼린다. 나는 번거로운 과정을 뛰어넘고 얄밉게 얼린 놈을 거저 공수하여 품에 안은 것이다. 얼마 전 꽃물을 곱게 들인 여동생의 그림 같은 손톱이 부러워

부탁하였다.

늦은 시간 곱게 빻은 봉숭아꽃을 탁자에 놓고 앉아 심호흡을 정갈히 한다. 손이 필요한 집안일을 모두 마친 후에 할 수 있는 작업이다. 꽃물을 들이는 작업은 혼자서 할 수 있는 일이 아니다. 남편에게 도움을 청했더니 한 손가락에 꽃물을 올리는데, 손톱 주변에 꽃물을 흘리고 묻히며 서툴다. 할 수 없이 서울로 떠나는 딸을 붙들어 앉혀 열 손가락을 내민다. 역시 꽃물은 섬세한 손길을 원한다. 숨을 죽이고 젓가락으로 손톱 위에 꽃잎이 넘치지 않도록 자분자분 얹는다. 꽃물이 피부로 흐르지 않도록 조심해야만 한다. 그렇지 않으면 여기저기 지워지지 않는 꽃물을 감당해야 하니까.

꽃물 든 고운 손톱은 잠을 못 이룬 대가이다. 두 손을 밤새 자유자재로 움직이지 못하고, 두 손을 잠자는 아기처럼 배꼽 위에 얌전히 올리고 잠을 청해야 한다. 모든 걸 포기하고 잠을 깊이 잔다면, 다음날 이불 홑청과 잠옷에 얼룩덜룩한 꽃물을 발견하고 말리라. 심하면 손톱 위에 올린 봉숭아 꽃물이 여기저기 피부에 흘러 핏빛 손가락을 보리라. 그러니 인내의 산물이다. 동생의 빛깔 고운 손톱도 그냥 얻어진 것이 아니다. 잠 못 이룬 밤을 지내고야 얻어진 것이다. 꽃물들인 손톱은 시간의 흐름에 따라 그 빛깔이 엷어진다. 해와 달과 별의 기운을 고스란히 받고 자란 봉숭아꽃. 할머니와 어머니의 손톱을 곱디곱게 물들였던 봉숭아꽃물. 시간을 초월하여 21세기를 사는 도시 여인이 자연의 기운과 옛 여인의 숨결을 이어 재현한 것이다. 하나하나의 과정과 정성은 어느 때보다 마음이 실린다. 그러니 고운 빛깔의 자연 색을 인공의 미가 어찌 따를 수 있으랴.

어떤 것도 고통 없이 이루어지는 것은 없나 보다. 손톱 위에 꽃물들이기는 예스러운 멋을(그리움) 알아야 한다. 그리고 대상을 다루는 손길에 정성이 깃들어야 하며, 꽃물이 들 때까지 참고 기다리는 인내가 필요하다. 고운 빛깔의 꽃물을 들이고 싶은 욕망에 따른 고통은 내가 좌초한 일. 하룻밤 잠 못 이룬 결과이니 큰 성과가 아닌가. 손톱 끝에 꽃물 든 반달로 떠오르면 더욱 아름답단다. 시간이 흐르면 달도 기우는 법, 눈썹달을 기다리며 노을빛 손톱을 원 없이 감상하리라.

한국문인협회 『계절문학』 2015년 봄호
『선수필』 2015년 가을호 재수록

꽃은 스러져도

금붕어가 지상에 올라 와 벌름거리는 듯하다. 노랫말, '울 밑에 선 봉선화'
다. 블루베리 나무 아래 씨앗이 떨어져 분홍색 꽃을 피워 미소를 짓게 한
다. 그립고 그리운 식물이다. 꽃은 스러져도 손톱 위에 노을빛 고운 색으로
다시금 피어나는 봉선화. 올해는 꼭 손톱이든 발톱이든 꽃물을 들이고 싶
다.

가슴 뛰는 일

삶이 윤택해지려면, 매일 가슴 뛰는 일을 하란다. 오늘 내 가슴을 심히 뛰게 한 건 한 송이 나팔꽃이다. 흙 한 줌 없는 24층 하늘정원 자갈밭에 꽃씨를 뿌린 적 없는데 새싹이 돋아 신기하다. 목을 길게 줄기를 늘이더니 빛깔 고운 꽃을 피운 것이다.

인간도 힘겨워하는 불볕더위를 견디고 나팔꽃을 피우니 더없이 대견하다. 소사나무에 물을 줄 때마다 자갈밭에도 물을 뿌린다. 줄기에 꽃봉오리가 여럿이니 앞으로 꽃을 더 볼 수 있으리라.

강인한 생명력에 치하를 어찌하랴. 꽃잎이 으스러질까 보듬을 수도 없어 나팔꽃에 "너, 참 귀하고 장하다."라고 혼잣말을 더 한다.

놀라운 기적

1.

그대여, 지루한 장마도 태풍도 스쳐갈 기후입니다. 코로나 19로 마음도 무거운데, 날씨까지 흐립니다. 부디 무거운 습기와 더운 기운에 지치지 말길 바래요. 꽃처럼 변함없이 환하게 웃길 원합니다. 하늘정원은 붉은 나팔꽃 덕분에 잔뜩 흐린 날도 맑고 향기로워요. 꽃 덩굴은 비바람에 날아갈까봐 난간대를 휘감거나 벽면에 바싹 달라붙어 의연하게 꽃을 피우고 있어요. 식물도 이러한데 만물의 영장인 인간은 더욱 잘 견뎌내야겠지요.

2.

그대여, 나팔꽃도 안녕한가요. 가을도 깊어 꽃도 이제 드문드문 피어납니다. 씨방에 까만 씨가 여물고 이파리가 순순히 시들어 줄기가 앙상합니다. 자연주의자 소로는 말했던가요.

"나는 씨앗에 대해 깊은 믿음을 가지고 있다. 당신에게 씨앗이 있다고 한다면 나는 놀라운 기적을 기대할 것이다."

손안에 작은 씨앗은 우리가 상상할 수 없는 거대한 우주를 품고 있습니다. 지난 늦가을에 나팔꽃 씨앗을 여러 이웃에게 나누었으니 소로의 글처럼 여기저기에서 놀라운 기적이 일어나리라 기대해요.

파꽃처럼

산색이 참 좋은 시절이다. 사소한 일에 종종거리다 꽃 피는 봄날은 지나가고, 잎이 무성한 계절에 구병리로 찾아든다. 충북의 알프스라 불리는 아름마을은 첩첩산중 조용한 촌락. 산허리에 햇빛이 비스듬히 떨어지니 한쪽은 연둣빛 산색이 돌고 다른 쪽은 그림자가 드리워져 짙푸른 녹음이다. 오래도록 바라보아도 정녕 물리지 않는 명품 산수화다.

마을 제일 높은 곳에 숙소를 정하고 앞마당을 하릴없이 거닌다. 소소한 꽃들이 많은 걸 보니 집주인이 다정다감한 분인가 보다. 마당에 드러누운 진분홍빛 꽃잔디와 돌담 아래 핀 매발톱, 금낭화 등속 꽃들을 살피려면 잔손이 많이 가리라. 꽃들을 바라보다 꽃밭에 어울리지 않는 파꽃을 발견한다.

작은 햇불처럼 피어오른 파꽃이 인상적이다. 꽃대가 꼿꼿이 하늘 향하여 길고, 꽃봉오리는 엄지와 검지 끝을 동그랗게 모았을 때 크기 정도다. 갓 피어난 봉오리는 속내를 보이지 않으려고 얇디얇은 천으로 감싼 듯 신비한 기운마저 감돈다. 바로 곁에는 여러 갈래로 갈라져 노란 수술들이 너도나도 보란 듯 얼굴을 내민다. 그 모습은 마치 성스러운 성화같기도 하고, 불단을

파꽃

밝히던 촛불의 모습과도 닮아 있다.

파꽃의 생애를 톺아본다. 무한 화서의 하나인 꽃. 꽃들은 대부분 꽃이 지고야 잎이 돋는다. 정작 파꽃에는 잎이 없다. 굳이 잎을 찾으라면 비슷한 색감의 꽃대를 손짓하리라. 줄기 같기도 한 대궁을 잎이라 부를 순 없다. 꽃대 끝에 피어난 무수한 꽃술은 속으로 매운 내를 지닌다. 남들은 향기로운 냄새로 벌과 나비를 부르는데, 매운 냄새를 뻗치니 그의 곁을 누가 지키랴.

마당 한 귀퉁이에서 파꽃은 무심히 피어난다. 주인이 열매를 갖고자 하는 의지의 표현일 것이다. 화려한 색감도, 그 흔한 잎도 돋지 않으니 무엇으로 시선을 사로잡겠는가. 어느 시인은 파꽃이 튼실할수록 둥글수록 속을 잘 비워낸 것이라고 읊는다. 자신의 속을 비워 꽃을 피워내나 보다. 속이 텅 빈 연한 줄기로 무거운 씨앗 주머니를 이고 있으니, 이 또한 사랑의 힘이 아니겠는가.

어찌 보면 무채색의 파꽃은 이곳 촌부의 생애와 닮은 것 같다. 젊은이들은 도시로 떠나고, 나이 드신 어르신들만 남아 마을을 묵묵히 지킨다. 좋은 소식이든 나쁜 소식이든 소식과는 담을 쌓은 듯 살아간다. 해가 나면 밭일을 하러 나가고 해가 지면 집으로 돌아온다. 당신들이 경작한 곡식과 나물로 생을 이어가는 정직한 일상이다. 정녕 법 없이도 살아갈 사람들이다. 파꽃의 속내와 비슷하지 않은가.

다음날 주인은 산에서 뜯은 취나물을 한아름 안긴다. 어디에서 이런 인정을 만나겠는가. 대파의 진한 향기처럼 사람의 깊은 향기를 느끼는 순간이다. 요즘같이 어지러운 세상에 수수하게 피어난 파꽃처럼 살아도 좋겠다는 생각을 해본다. 자신의 땅을 손수 일궈 살아가는 삶의 지도, 그 지도엔 욕심이 없어 채도가 높고 투명하여 어둔 그림자도 없을 것 같다. 산에서 나는 나물로 반찬을 삼는 소박한 삶에는, 도시의 삶에서 느끼는 미래의 두려움도 사라지리라.

마음의 중심이 흔들리지 않는 꽃. 아랑곳없이 자신의 업인 양 소리 없이 피어나는 파꽃. 헛것에 휘둘리지 않고 사는 것도 용기라고 말하는 듯싶다. 요즘은 언제 어디서나 스마트폰 하나로 빠르게 해결된다. 업무시간과 업무 외 시간할 것 없이 사무실이 되는 세상이다. 일과 완전히 분리되어 살아가기 어려운 것이 우리의 모습이다.

도시인에게 필요한 머리 쉼이다. 나는 할 일 없이 파밭에 앉아 파꽃을 스쳐 온 바람을 향유한다. 눈을 감고 바람에 몸을 맡기니 온 감각이 열리는 듯하다. 마음을 비우니 파꽃 벙그는 소리가 들리고, 꽃의 기온이 전해져 온몸이 따스해진다. 도시로 가는 발은 무겁고 시린데, 오늘은 시린 발을 잊을 것 같다. 부디 당신도 구병리에 들어 시린 발을 묻고 사나흘 쉬어가길 원한다.

— 『에세이스트』 2015년 여름호

횃불을 든 투사

노을이 내리는 저물녘 하늘은 참 붉다. 그 자리에 주저앉아 스러지는 노을을 하염없이 바라본다. 주변을 둘러보다 노을에 잠긴 풀꽃을 발견한다. 얼마 전 태풍이 휩쓸고 간 자리가 아닌가. 풀꽃들이 멀쩡하다. 강바람과 궂은 비에도 허리를 굽히지 않는 꽃송이다.

아마도 전생에 나라를 구하지 않았나 싶다. 그렇지 않고서야 어찌 횃불을 든 투사처럼 저리 꼿꼿할 수 있으랴. 여름내 하얀 꽃방망이를 무수히 피우더니, 온몸에 불을 붙여 향토 빛으로 후미진 두둑을 수놓는다.

두둑에 군락을 이룬 토끼풀 꽃을 보며, 이제야 꽃들의 존재를 실감한다. 비로소 이 불가해한 생이 궁금해지기 시작한다. "뭉치면 살고 흩어지면 죽는다."의 전범이든가. 정원사가 잔디밭 토끼풀을 깔아뭉개고 있다. 토끼풀을 잡풀로 인정해서다. 잡것으로 취급할 권리는 누가 부여했는가. 풀꽃은 인정사정없이 잘려 바닥에 곤두박질친다. 토끼풀이 잔디마냥 인간의 눈에

◀ 토끼풀

들었다면, 지금처럼 잡풀로 낙인찍었으랴.

불현듯 뇌리를 스치는 의문은 토끼는 토끼풀만 먹을까? 천만의 말씀이다. 유년시절 우리 집은 가축을 많이 길렀다. 돼지의 수가 가장 많았고, 개와 닭 그리고 토끼 순이었다. 그중에 가장 예민한 녀석이 토끼였다. 녀석은 아무 풀이나 먹지 않았다. 부드러운 풀을 뜯으러 들로 산으로 많이 쏘다녔다. 하지만 정작 토끼풀을 뜯어본 기억은 없다. 토끼는 아까시나무 잎사귀를 제일 좋아했던 걸로 기억된다. 내가 뜯기 좋은 잎이 아까시나무라 그 잎만 고집하여 말 못 하는 토끼의 입맛이 바뀌었는지도 모른다. 아무튼 토끼가 토끼풀을 좋아하기는 했던 것인지 궁금하다. 내 사전엔 그 풀을 토끼에게 먹여 본 기억이 없어 지금까지도 모른다.

누가 하필 '토끼풀'이라고 이름 지었을까. '토끼풀'보단 영어 이름인 '클로버'가 신분 상승된 느낌이 든다. 아마 토끼풀 자신도 그 이름을 더 좋아하리라. 자신을 하찮게 여기고 짓밟고 뽑아버린 인간을 생각하면 그럴 것이다. '클로버' 하면 네 개 달린 잎이 먼저 떠오른다. 군집 속에서 행운의 클로버를 찾기란 어렵다. 만인이 행운을 부른다고 믿는 클로버는 개체 중 돌연변이다. 그런데 우리는 왜 돌연변이를 찾아들고 광분하는 것인지 모를 일이다. 검증도 되지 않은 클로버가 아닌가. 행운을 붙박이하듯 클로버를 비닐 코팅하여, 책 속에 수백, 수천 날 고이고이 간직해둔다. 마치 행운을 잃어버리기라도 할까 봐 인증 샷에 저장까지 완벽하게 마치는 꼴이다. 토끼풀에서 인간의 오만과 편견을 발견한다.

누군가 나에게 두어 평 남짓한 마당을 준다면, 주저 없이 토끼풀을 심겠다. 새싹이 돋아 꽃송이가 누렇게 시들 때까지 늘 시선을 맞추리라. 낮은 포복의 겸손한 몸가짐을 갖추리라. 잊지 않고 마음으로 여름내 지치지 않는 불굴의 의지를 불태우는 꽃송이들의 기품을 찬양하고 싶다.

하트네요

건들바람이 좋아 솔밭공원을 돌아보고 오던 중이었다. 울타리 틈새를 비집고 나온 녀석이 나의 시선과 맞닿았다. 처음 보는 녀석이었다. 머리가 무거운지 고개가 땅바닥으로 치달았다. 성도 이름도 모르니 눈인사만 간단히 하고, 정식 인사는 나중에 하기로 했다. 가을 햇살에 빛을 발하는 화사한 녀석을 핸드폰 사진으로 여러 컷 담아 돌아왔다.

자리로 돌아와 책상에 앉자마자 녀석을 인터넷 검색에 나섰다. 녀석에 관하여 아무것도 모르니 그저 '가을에 피는 꽃'이라 찾을 수밖에 없었다. 그렇게 검색된 이미지는 대부분 가을에 피어나는 들꽃이나 국화과에 속하는 꽃이 많았다. 한참을 찾은 끝에 비슷한 녀석을 발견했다. 이어 상세 검색해 들어가니 그 녀석이 맞았다.

이름은 '큰꿩의비름', 참으로 생소했다. 한줄기에 자잘한 꽃봉오리를 수도 없이 매단 꽃. 그들의 육중한 무게를 지탱할 수 없어 고개가 땅으로 떨어질 수밖에. 이어 문득 떠오른 생각은, 다복하다는 단어다. 무수한 꽃봉오리를 살리려면, 도대체 얼마만큼의 기氣가 필요할까. 자식들을 위하여 애쓰다 진액이 빠진 부모님의 메마른 얼굴이 떠오르며 상념에 젖었다.

날이 갈수록 호감이 가는 꽃이었다. 산책길에 나서면 방향을 바꾸지 않고 그 길로 나섰다. 무수한 꽃송이가 활짝 피었을 땐 그 빛깔이 더욱 고왔다. 아니 분홍 빛깔은, 슬프도록 화사했다. 아마도 내 마음이 '슬프도록'에 머묾은 머지않아 다가올 꽃의 스러짐을 예감했기 때문이다.

심심했던 핸드폰 배경 사진을 이 꽃으로 바꾸고, 지인에게도 보여주고자 카톡에도 올렸다. 꽃을 본 문인은 이런 댓글을 달았다.

"하트네요?"

내가 생각지도 못한 질문이었다. 그분은 꽃의 모습을 인간의 심장인 '하트'로 보고 있었다. 각도를 달리하여 바라보니 정녕 비슷하였다. '하트'란 단어만 들어도 얼마나 가슴 떨리는 단어인가. 나의 시선과 다른 그에게 나는 예리하다고 칭찬하였다. 그런데 두 번째 댓글이 더 나에게 신선한 충격을 안겼다.

"애플에 팔아야겠어요. 이걸로 쓰라고."

참신한 발상이었다. 그는 애플의 로고인 사과를 떠올린 것이다. 한입 베어 먹은 사과처럼 한쪽이 모자란 하트(심장)였다. 나는 꽃송이를 보고 미래의 스러짐을 아쉬워만 했는데, 그분은 넓은 혜안으로 꽃과 인간세계를 두루 관통하였다. 그의 사고는 남달랐다.

큰꿩의비름은 나에게 가벼운 통성명쯤, 아니 한낱 꽃송이로 끝나지 않았다. 또 다른 세계로 안내하였다. 혜안을 넓히는 길은 일상의 언제 어디서나 무궁무진하다는 걸.

그럼, 이제 그의 말대로 "녀석을 글로벌하게 팔아볼까?"

알록달록한 꽃

식물도 자신을 좋아하는 걸 아는가. 분꽃, 한 송이가 피어 돋보인다. 지난
해 꽃 색이 독특하여 씨앗을 받아두었다가 화분 여러 곳에 심었다. 분꽃을
본 손녀 도아는 첫눈에 '알록달록한 꽃'이라고 이름 짓는다. 할미 또한, 여
름내 피고 지고 할 분꽃을 마주하니 흐뭇하다. 알록달록한 꽃은 지루한 여
름을 달래줄 토종 꽃이다.

◀ 분꽃

하루살이

노을이 불타는 듯한 꽃, 원추리가 한창이다. 장맛 속 우울한 기분이 먹구름이 거친 듯 환하다. 인간은 꽃을 바라보며 심리적 안정을 얻는다. 식물에서 세로토닌, 행복 호르몬이 분비되어 알게 모르게 마음의 정화가 된다. 우리 뇌에서 세로토닌의 농도가 높아질수록 마음은 평온해지고 긍정적 감정을 갖게 된다.

원추리는 하루살이다. 단어를 발음하니 순간 덧없는 목숨으로 일컫는 '날파리'가 떠오른다. 화려하게 피어난 꽃은 겉으로 보기엔 하루살이라고 전혀 느껴지지 않는다. 하지만, 새벽에 꽃봉오리를 연 꽃은 그 다음날에는 어김없이 꽃봉오리를 잔뜩 오므린 채 바닥에 스러져 있다. 한 줄기에 꽃송이가 여럿이고 그 꽃이 매일 피어나 그리 느끼지 못할 뿐이다.

오늘도 묘시에 일어나 바닥에 떨어진 꽃송이를 줍고 있다. 하루를 온전히 불사른 원추리, 그 하루살이가 온몸을 불사라 인간에게 기쁨을 안겨주고 세상을 떠나간다. 식물을 키우며 매번 느끼는 거지만, 고운 마음을 품고 사는 꽃의 세계가 신비스럽다. 나도 노을을 닮은 꽃처럼 피고 지고 싶다.

◀ 원추리

개망초 닮은 꽃

천지사방이 초록이다.
이상의 글 「권태」가 떠오르는 여름 한낮,
녹음 속에 드러난 하얀 꽃들이 맑고 깨끗하게 시선에 닿는다.
'계란꽃'이라 불리는 개망초 닮은 미국쑥부쟁이.
가만히 살피니 꽃이 활짝 피어나며 심지가 점점 붉어진다.
꽃대가 단단하고 한 줄기에 꽃이 다닥다닥 피어 다복하다.
지난해 한두 줄기 심은 것이 품을 많이도 늘렸다.
이파리가 덤불처럼 무성하여 미국쑥부쟁이 줄기를 정리하여
거실로 모셔 와 꽃을 자주 마주하니 정이 든다.

◀ 미국쑥부쟁이

형용 불비

장독대에 핀 도라지 꽃.
단아하다.
청초하다.
다복하다.
어떤 단어로도 형용할 수 없다.

단순 미학의 그 자체

도라지는 꽃을 보고자 일부러 키우고 있다.

꽃은 해마다 이즈음 어김없이 피어난다.

청보랏빛 꽃봉오리,

단순 미학의 그 자체이다.

꽃봉오리가 터지는 모습을 여러 날 사진을 담는다.

참으로 신기한 것은,

식물은 자신이 피어날 시기를 제대로 알고 있다는 거다.

인간만이 그 시기를 모르고 방황하거나,

죽을 때까지 모르는 사람도 있다.

향기로운 플록스

눈꽃처럼 하얀 꽃, 장독대 부근에 핀 플록스다. 하늘정원에는 대부분 붉은 꽃이 많은 편이다. 반 음지인 테라스 정원에서 추운 겨울을 잘 이겨내고 꽃을 피워 대견하다. 장독대로 나가는 문만 열어도 후각을 자극하는 향기로운 플록스. 나 혼자서 꽃과 향기를 즐기는 것이 아쉽다. 사진에 감미로운 꽃향기를 어떻게 담을까 고민이다.

◀ 플록스

여름꽃의 대명사

백일홍은 여름꽃의 대명사다. 국화과 백일홍百日紅 꽃도, 배롱나무(백일홍나무)도 둘 다 이름은 백일홍. 꽃과 나무 성질은 달라도 가지마다 줄기마다 여름내 백일 동안 쉼 없이 붉은 꽃을 피운다.

지난해 백일홍 꽃씨를 받아 땅이 얼기 전에 씨앗을 뿌려두었다. 봄날에 솟아오른 새싹을 하늘정원 여러 곳에 모종하여 한여름 꽃밭이 보기가 좋다. 하늘 아래 불볕더위를 먹고 자라는 백일홍. 백일 동안 피고 지고 우리를 즐겁게 할 꽃이다.

이 고운 꽃을 그대 가슴에 한아름 안겨줄 상상을 하니 절로 행복하다.

◀ 백일홍

제주가 떠오르는 식물

생애 한 시절은 제주도를 제2의 고향처럼 여길 정도로 드나든 적이 있다. 몸 안에 틈이 생겨 그 벌어진 틈을 메우고자 애를 썼다. 올레길을 걷고 걸었고, 중산간 오름을 오르고 올랐다. 그렇게 오름을 오르다가 흙더미가 무너진 발밑에서 가녀린 꽃대를 발견하고 안타까워한 식물이다. 자잘한 꽃송이에 반하여 두어 송이 업어온 식물이 바로 무릇이다.

무릇은 장마가 지나고 불볕더위에 기특하게 꽃대를 올려 더위를 가시게 하는 꽃이다. 열악한 정원의 환경을 탓하지 않고 해마다 품을 조금씩 늘린다. 무릇은 무한 화서無限花序, 줄기에 오종종 핀 꽃무리가 매력적인 꽃이다. 연둣빛 꽃받침이 마치 샛별처럼 빛나는 꽃. 무릇을 볼 때마다 제주가 떠오르는 식물이다.

◀ 무릇

진짜 나리

유년시절 '호랑 나리'라고 불렸던 꽃이다. 아마도 꽃 속에 호랑이 점박이 무
늬가 비슷하여 붙은 별명인가 보다. 참나리가 키가 훌쩍 커 고개를 젖혀야
꽃을 마주할 수 있다. 식물 사전을 펼치니 나리 종류가 많다. 각기 모양이
다르다. 꽃잎과 잎사귀의 지향에 따라 하늘을 바라보는 하늘나리, 땅만 죽
어라고 바라보는 땅나리, 중나리 등이다.

'참'이 붙은 건 '진짜'라는 뜻. 이 땅에 자생하는 나리 중에 진짜 나리는 참
나리 밖에 없다. 정녕코 꽃대도 굵고 키가 크고, 줄기에 콩알만 한 까만 열
매도 무수히 달고 있다. 손으로 톡 건들기만 해도 우수수 떨어져 바닥에
뿌리를 내려 종족수를 늘린다. 참나리는 여름의 태양과 비길 데 없다는 듯
하늘을 향하여 다홍빛으로 붉다.

해바라기처럼

1.

새벽에 일어나 식물들을 두루 살핍니다. 어느 날인가 해바라기를 유심히 바라보게 되었죠. 날마다 달라지는 모습에 절로 환호성이 나옵니다. 정녕코 혼자 보기 아쉬운 순간이었지요. 해바라기 꽃이 피어나는 순서는 인간이 성장하는 모습과 비슷합니다. 꽃잎이 단번에 활짝 피는 것이 아니라 느리게 한 잎 두 잎 꽃잎을 펼쳐요. 생명이 있는 건 한 번에 이뤄지는 법이 없습니다.

새싹에서 한 송이 꽃으로 피어나기까지,

꽃에서 열매를 맺기까지 얼마간의 시간과 정성이 필요합니다. 한 분야에서 성공하려면, 해바라기가 한 송이 꽃으로 피어나듯 한 걸음씩 나아가야 하는 법이지요.

2.

만 세 살 도아가 환한 웃음으로 해바라기와 마주한다.

"할머니, 해바라기처럼 키가 크고 싶어요."

라고 말하는 도아에게 궁색한 답변은,

"키가 크려면 밥을 많이 먹어야 해요."

도아의 말에 순간 '아이가 무언가에 몰두하면, 밥 먹는 것을 잊는다.'는 딸의 말이 떠올랐기 때문이다.

여하튼 할미 집에서 1박 2일 머물며 하늘정원 식물과 특히, 여름 꽃인 해바라기는 제대로 알리라. 가장 자리에 노랗게 긴 혀처럼 내민 꽃잎은 혀꽃, 중심에 가무잡잡한 짧은 꽃잎들은 대롱꽃. 혀꽃은 벌을 유인하는 헛꽃이고, 대롱꽃이 열매를 맺는 진짜 꽃이란 것을. 무엇보다 밥을 잘 먹어야 해바라기처럼 키가 큰다는 진리를.

해바라기 연가

집을 비운 흔적이 역력하다. 푸른 기가 서린 저 생명을 어찌하랴. 시차를 두고 식물 발치에 두 차례 물을 주며 희망을 놓지 않는다. 그 앞을 서성거리며 '이 가녀린 생명을 제발 거두어 가지 말라'고 간구한다. 이 모든 건 꽃을 보고자 꽃밭을 만든 내 탓이다. 나는 말로만 단순한 생활을 꿈꾸며 평생 무소유를 실천할 수 없는 사람임이 틀림없다.

해바라기 줄기의 잎들이 하나같이 축 늘어진 상태이다. 잎이 누렇게 뜬 모습에 격한 감정이 치민다. 곁님은 더운 날씨를 탓하는데 위로가 되지 않는다. 불볕더위에 어떤 조치 없이 집을 비우는 건 꽃을 안 본다는 소리와 같다. 꽃과 나무에 물을 줄 사람을 찾다가 딸 내외를 집으로 불러 손수 물주기 시범을 보인다. 해바라기를 어린아이처럼 돌보기를 원했는데, 결과가 좋지 않다.

나는 '꽃순이'란 별명이 붙을 정도로 꽃과 나무를 좋아한다. 아마도 유년 시절 보았던 그림 같은 꽃밭의 영향도 크리라. 친정어머니는 앞마당에 채송화, 백합, 봉선화, 접시꽃, 해바라기 등속 온갖 꽃과 나무를 손수 가꾸셨다. 사계절 토종 꽃이 피고 지는 환경에서 자란 것이다. 결혼하여 아파트에 머무니 꽃과 나무를 키울 공간이 만만치가 않아 그리움만 커진다. 삼 년 전 24층 복층아파트로 이사 오며 테라스를 정원으로 꾸미며 꿈을 이룬다. 하늘정원에 원하는 계절 꽃씨를 뿌려 키우며 그 시절의 추억을 불러낸다.

기와집 마당에 핀 해바라기 꽃이 바지랑대에 걸린 깃발처럼 흔들린다. 그것도 잠시 노란 얼굴이 햇볕에 익는 줄도 모르고 하늘을 향하여 꽂혀 있다. 강렬한 햇빛에 눈을 감으니 낭랑한 소리가 들리는 듯하다. 열아홉 소녀가 대청마루에 누워 무시로 암송하던 시詩 〈해바라기 연가〉를 읊조린다. '내 생애가 한 번뿐이듯/ 나의 사랑도/ 하나입니다/ 나의 임금이여/ 폭포처럼 쏟아져 오는 그리움에/ 목메어/ 죽을 것만 같은 열병을 앓습니다' 시어 구절구절이 가슴을 흔들던 청춘 시절, 해바라기를 무작정 좋아하게 만든 이해인 수녀의 시詩다.

지인은 나를 닮은 꽃이 '해바라기'라고 말한다. 줄기가 멀대같이 키가 크고, 누렇게 뜬 얼굴빛이 그렇단다. 무엇보다 노란 옷이 잘 어울리는 사람이라고 덧붙인다. 돌아보니 내가 노랑꽃을 좋아할 수밖에 환경이었던 것 같다. 앞마당에 줄지어 핀 해바라기와 약방의 감초처럼 수시로 드나들던 사립문 밖 울타리가 개나리꽃이다. 봄이 오면, 대문을 열자마자 쏟아지는 노란 '꽃사태'. 친구들과 고무줄놀이를 하던 공간이 샛노랗게 꽃이 핀 울타리 앞이다. 개나리꽃이 무더기로 피어나 치렁치렁 늘어지면, 동네 아이들과 꽃 속에서 숨바꼭질하며 놀았던 기억이 새롭다.

내가 좋아하는 색은 여러 가지이다. 오월의 꽃처럼 고운 소사나무 어린 이파리 연두색을 가장 좋아한다. 그즈음 신록의 빛깔을 보고 싶어 어디로든 달려가고 싶어 엉덩이가 들썩거린다. 그리고 신비로운 청보라 빛깔을 좋아한다. 장독대 테라스에 도라지와 나팔꽃을 심어 즐긴다. 연두와 보라는 그저 바라보는 것으로 만족하는 색이다. 하지만, 노란색은 다르다. 시각은 물론 온 감각으로 느끼길 원한다. 이른 봄 레몬 빛깔 코트를 입고 거리를 거니는 나를 상상하며 달뜬다. 무채색에서 노란색으로 갈아입으면 금방이라도 봄이 온 듯 기분이 환해진다. 노랑 외투를 입은 사람도 밝고, 그 사람을 바라보는 사람도 해사하다. 나의 취향을 나타내는 색은 아마도 노랑일 듯싶다.

세상을 밝히는 빛깔 중에 노랑이 빠지면 단조로우리라. 노랑이 없는 동살과 붉은 노을의 색채와 분위기는 상상이 가지 않는다. 희망을 상징하는 봄빛과 봄꽃의 바탕도 노랑일 것 같다. 켄트지에 온갖 꽃이 흐드러지게 핀 모습을 색칠할 때 노랑을 빼놓으면 분위기가 칙칙하리라. 또한, 도시에 어둠이 내리면 지상의 별들이 노닌다. 집마다 전등불을 밝히는데 노랑을 빼놓으면 지구는 어둠 천지가 되리라.

평소 우리는 사물을 볼 때 가장 먼저 색Color을 인지한다. 색은 그 자체로 하나의 상징이자, 매개체가 된다. 항간에 노란색은 질투를 상징한다는데, 색깔의 역사를 잘 모르는 사람이다. 여러 문화권에서 노랑은 햇빛, 따뜻함의 상징으로 여겨진다. 오래전 중국에선 황제와 황후 의상의 귀한 색이자 예술가들이 사랑한 색이다. 때론 노랑은 황금 약탈을 일삼는 비겁함과 황

달을 연상하는 질병을 상징하기도 한다. 따뜻한 황금빛을 띠는 노랑 '갬보지Gamboge', 약탈을 상징하는 노랑 '잉카 골드Inca Gold', 세상에서 가장 비싼 노랑 '사프론Saffron', 과일에서 따온 노랑 '오렌지Orange' 등 노랑의 이야기가 넘쳐난다.

'땅에서 얻은 고대의 노랑, 옐로 오커Yellow Ochare'는 산화철이 함유된 점토에서 얻은 색소이다. 이 점토를 가루로 빻아 식물 수액이나 물을 섞어 물감을 만들어 고대 벽화를 그린 것이다. 몽타냐크 마을의 아이들이 발견한 라스코 벽화도 오커로 만든 노랗고 빨간 색조이다. 다른 색소와 달리 옐로 오커는 금방 썩지도 않는다. 햇빛에 노출되지 않으면, 색이 바래지지 않아 17,000년이 넘도록 오랜 시간을 견딜 수 있는 색이다. 고대 이집트 왕릉의 벽에서 종종 발견되는 색이다.

여전히 나는 불치병을 앓고 있다. 누가 시킨 것도 아닌데 불볕더위에서 노랑꽃을 지켜내고자, 생애 좋은 작품을 남기고자, 애면글면한다. 이 모든 행위는 시어처럼 '사랑' 덕분이다. '당신이 아닌 누구도/ 치유할 수 없는/ 내 불치의 병은/ 사랑'이다. 글을 좋아하니까, 꽃을 사랑하니까 열병을 자처하여 앓는다. 가슴에 상처가 덧나도 이 일을 원한다. 열병 속에서 까맣게 피어난 나만의 언어로 열매를 맺어 뭇사람과 나누고 있다. 미래에도 꽃을 보고 또 보고, 글을 쓰고 또 쓰고, 이 행위는 평생 이어지리라. 오늘도 새벽에 일어나 누구도 못 말릴 그리움의 열병을 토한다.

꽃씨가 맺어준 인연

쑥부쟁이

소박한 들꽃에 한번 반하고 두 번 반한다. 온몸의 감각을 뒤흔드는 가을의 들국화, 청화쑥부쟁이. 나의 기억 속에 오래 남을 식물이다. SNS에 올린 꽃 사진을 본 누군가는 '사진은 빛의 예술이야, 찬란한 햇빛 아래 존재하여 대상이 아름다워 보인 거야'라고 말할지도 모른다. 하지만, 햇빛에 발하는 들꽃의 다양한 빛깔과 모습을 직접 본 사람이라면, 나의 말에 수긍하고도 남으리라. 또한, 식물을 손수 키우며 생태를 지켜본 사람은 빛 때문만은 아니라는 걸 더욱 잘 알리라. 집안의 꽃이 어찌 저 혼자 자라겠는가. 그의 배경도 한몫 단단히 한다. 대상을 진정으로 알고자 한다면, 남다른 노력이 필요하다.

식물을 품에 안은 봄날이 떠오른다. 자연과 들꽃을 좋아하는 선배의 종합선물세트 선물이다. 유독 한 식물이 가는 줄기가 축 늘어져 바닥으로 드러눕는다. 꽃가지에 지지대를 세워주고 마른 떡잎을 따며 해말끔하게 서 있길 주문한다. 형태가 바르지 않은 식물에 바로 볼 수 있는 꽃도 없어 베란다 장독대 부근에 놓아둔다. 다른 식물들과 다르게 이름표도 없고 품새도 없어 소홀히 다룬 점도 없지 않다. 사람도 첫인상이 중요하지 않던가. 말끔하게 차려입은 사람이 돋보이듯 식물도 치장한 것이 보기에 좋다는 생각이다. 시월의 어느 날인가. 줄기 끝에 까슬까슬하게 솟은 작은 꽃봉오리를 발견한다. 하루가 다르게 줄기마다 꽃봉오리를 맺더니 망울을 터트린다. 별들이 하늘이란 배경을 흔적 없이 지우듯, 꽃들이 무리지어 피어 줄기를 뒤덮는다. 시월의 밝은 햇살을 받은 꽃송이들은 마치 하늘의 별빛처럼 눈부시다. 청화쑥부쟁이다. 지루한 여름을 보내고 꽃을 피운 쑥부쟁이는 식물의 생태를 직접 보고 느껴보라는 의미일 것이다. 선배는 이렇게 청초한 꽃 화분을 나에게 선물한 걸 알고 있을까.

꽃은 가까이에서 봐야 예쁜 것도 아니고, 오래 보아야 사랑스러운 것도 아니다. 시인의 시구도 사유의 깊이를 더해야만 할 것 같다. 꽃의 결은 매일 곁에서 숨결을 내주며 생장을 함께해야만 보인다. 하지만, 이런 생각도 전부가 아니다. 꽃은 자연에서 피어난 듯 자연스러워야 더욱더 보기 좋다. 절집 곳곳의 너부러진 청화쑥부쟁이를 보고 나서야 생각도 달라진다. 선방 뒤로 난 좁은 길 양가에 핀 쑥부쟁이 무리는 저절로 피어난 듯 매혹적이다. 시월의 햇살에 눈부시게 반짝이는 청화쑥부쟁이. 눈앞의 풍경을 제 아무리

훌륭하게 렌즈로 담는다 해도 황홀한 들꽃의 이미지를 재현할 수 있으랴. 꽃이 스러진 후에 이 계절을 하염없이 기다리던가 아니면, 뇌리에 꽃무리를 저장하여 두고두고 불러보는 것이 더 나으리라.

역시 선배도 스님도 남다른 분이다. 사람을 알아보고 자연미를 발견하는 혜안과 들꽃을 향하는 마음이 남다르다. 어디로 가는지 묻지도 않고 당도한 곳이 산골의 소박한 절집. 선방의 창문에는 백학이 물을 머금고, 법당 쪽창에는 늦가을의 연지 풍경이 한유하다. 목문과 나무창에 새긴 조각이 예사롭지 않은 솜씨다. 무엇보다 절집 곳곳에 핀 토종 꽃에 반한다. 그리 보니 절집을 무無에서 유有로 자연스럽게 가꾼 스님의 생애가 바로 쑥부쟁이다.

쑥부쟁이는 기다림의 미학이다. 누군가 봐주길 기다리지 않는 들꽃이다. 차를 나누고 절집을 돌아서는 길, 스님은 까맣게 그은 얼굴에 눈이 보이질 않을 정도로 웃는다. 눈가에 부챗살처럼 퍼지는 주름과 미소에, 불쑥 스님의 손을 한번 잡아보자고 청한다. 부여잡은 손에서 쑥부쟁이 전설이 이어지는 찰나이다.

가을 손님, 박각시나방

안방 창가에 앉아 무량 쏟아지는 가을볕을 즐긴다. 테라스에 피고 지는 꽃들을 감상하는데 끈끈이대나물 꽃 위를 뱅뱅 도는 녀석이 있다. 자세히 보니 날개를 파르르 떨며 기다긴 촉수를 내밀어 꿀을 따는 듯하다. 꽃을 찾아 24층까지 날아온 녀석이 참으로 대견하다. 이 녀석을 '벌새'로 알고 곤충에 해박한 아들에게 자랑하듯 사진을 보내니, 벌새를 닮은 한해살이 나방이란다.

박각시 나방은 우리 집 가을 손님이다. 박각시는 여름내 피어난 끈끈이대나물 꽃 위에서 날개가 보이지 않을 정도로 날갯짓해댄다. 자신의 몸 길이만한 촉수를 자유자재로 늘리고 말아든다. 나방이 벌 흉내를 내는 녀석, 볼수록 신기한 면모를 지닌 곤충이다. 세상에는 내가 보지 못하고, 모르고 살아가는 것들이 너무나 많다. 그것을 다 알려면 시간이 부족하다.

석류

태초의 신화를 모르는 완전한 백치미였다. 유혹의 손길은 선혈 같은 여인의 꽃 무덤 속으로. 투명한 알갱이가 하루, 이틀, 사흘… 열 달. 지독한 고통의 강을 건너게 했다. 바람 한 점에도 금시 터질 듯 탱탱해진 선홍빛 열매. 직조된 틈새로 여인의 찢어지는 단말마의 울림 속 뭉텅뭉텅 혈점이 쏟아져 손이 닿지 않는 우주에 무수한 샛별로 수놓았다. 백옥 같은 처녀림을 달팽이 기어간 듯 그려놓은 실 그림자 사랑의 증표인가. 기다리고 기다리다 터트리는 소프라노의 첫 목 울음, 천지간을 울렸다. 아, 탄생이다.

계간 『에세이포레』 포토에세이, 2013년 가을호

석류

만인이 사랑하다

  사계절 즐기는 제라늄은 하늘정원에서는 월동이 어렵다. 아픔을 크게 겪고는 화분을 실내 베란다로 옮겨 한겨울을 보낸다. 밖에서 꽃을 보기 어려운 계절에 실내에서 겨울에 꽃을 볼 수 있어 얼마나 다행인가. 꽃을 바라보는 과정은 그냥 바라봄으로 그치는 것이 아니라 풍부한 감성을 유지하는 비결이다. 더불어 생활이 알게 모르게 윤택해진다.

제라늄은 품종이 다양하다. 꺾꽂이도 가능하여 품을 늘리기도 쉽다. 꽃의 색도 여린 빛깔부터 진한 빨강까지 무수하다. 꽃을 좋아하는 사람이라면, 제라늄 화분 하나 정도는 키울 정도로 손쉽게 키울 수 있는 식물이다.

내가 처음 본 제라늄은 외국의 저택 창가나 상점 앞에 내놓은 꽃 화분이다. 일본 여행 시에 인상적으로 남은 풍경도 마찬가지이다. 집마다 대문 앞에 아기자기하게 내놓은 식물들이 정겹게 다가와 일본을 다르게 보이는 기회가 되었다. 내가 아는 식물이 많지 않은 중에도 제라늄 품종의 꽃 화분이 눈에 들어와 반가웠던 기억이다.

사진 속에서, 화가의 소재로, 명품 가방에 등장하는 우아한 제라늄. 돌아보니 제라늄은 만인이 사랑하는 꽃이다. 지금도 열린 창가에 핀 연분홍 제라늄을 마주하면, 정겹게 느껴지고 모르는 사람도 인정이 넘치는 사람처럼 다가온다.

◀ 제라늄

카멜레온

제주에서 올라온 수국의 꽃 색이 변하고 있다.

마치 카멜레온처럼 연두색에서 흰색으로 탈바꿈하더니,

지금은 중심부에 청보랏빛 꽃물을 들인다.

식물의 생태가 참으로 오묘하다. 몸 안에 무엇을 품고 있기에,

아니 어떠한 한을 품었기에 온몸이 시퍼렇게 변하는가.

알 수 없는 신비로운 꽃의 세계이다.

◀ 제주 수국

기다림의 미학

여름내 새로 나온 순을 따주었더니
늦가을 꽃봉오리가 어마어마하다.
국화는 무서리를 맞고야 꽃을 볼 수 있다.
꽃향기 또한 그윽하다.
무서리에 다른 식물들은 시드는데,
국화는 꽃봉오리를 무수히 매달고 반겨줄 임을 기다린다.
기다림의 미학을 몸소 실천하는 꽃이다.

단풍

단풍은 여러 날 쉬지 않고 행군하여 하늘정원에 당도한다.
국화 꽃봉오리와 철쭉 이파리, 나팔꽃 줄기에도 닿아 있다.
시선을 사로잡은 식물은, 짙푸른 하늘을 배경으로 서 있는
온몸이 노랗게 물든 소사나무 단풍이다. 아니, 구름 속에
떠 있어도 이슬에 젖어도 붉은 소사나무는 빛을 발한다.
자연이 만든 예술은 감히 인간이 따라갈 수 없는 영역인가.

연잎 다비茶毘

백련을 우려 차를 음미한다. 연꽃은 살아서도 죽어서도 우아한 자태를 간직한다. 우윳빛 꽃잎과 꽃술, 덜 여문 연밥까지 그대로다. 자태도 곱지만, 무엇보다 향기를 간직하여 인간을 매혹하기에 충분하다. 입안에 감도는 쌉쌀함과 코끝을 스치는 은은한 연꽃 향이 그의 품격을 높인다. 눈앞에 잎들 틈새로 꽃송이가 하늘로 향하여 구름처럼 피어오른 넓디넓은 연밭 풍경이 그려진다. 차를 마시던 지인은 한술 더 떠 백련에 푸른 연잎을 함께 두면 좋겠다고 권한다.

활짝 핀 연꽃에 초록 잎을 더하니 생기가 돈다. 이어 연잎을 띄우고자 뜨거운 물을 붓는다. 지인은 연밭을 옮겨놓은 듯 좋다고 파안대소한다. 이것도 잠시, 다기에 잠긴 연잎 줄기 끝에서 기포가 뽀글거린다. 이어 줄기는 둥근 잎 위로 커다란 물방울 한 점을 끌어올린다. 초록 연잎 위에 부유하는 투명한 물방울. 연잎의 눈물인가. '눈물은 무언가 몸 안에 가득할 때 넘치듯 흘러나온다. 기쁨이든 슬픔이든 끓어오르는 감정이 몸 밖으로 범람하는 것, 바로 눈물이다. 바라보자니 왠지 모를 슬픈 온기가 감돈다. 보다 못한 지인은 연잎을 꺼내 다탁에 올려놓는다.

푸르죽죽한 잎의 한구석은 이미 마른 상태이다. 방안에 자연을 옮기고자 한 인간의 이기심은 연잎에 가혹한 짓을 벌인 것일까. 조금 전까지 정성을 다하여 연꽃을 섬기고 있었던 연잎이다. 사랑은 구원 없는 종교라 했던가. 제 뜻과 다르게 뜨거운 물 지옥(불가마)에 떨어져 몸 안 진액을 쏟아놓고 떠날 준비를 하고 있다.

차(茶)의 세계에 일기일회—期—會란 말이 있다. '일생에 단 한 번의 만남의 인연'이라는 뜻이다. 생애 단 한 번의 기회라고 여기면, 어찌 순간을 함부로 흘려보내랴. 그 대상이 인간이든, 식물이든, 동물이든 국한을 두지 않는다. 인간은 소멸을 두려워하나, 연잎은 한 치의 두려움 없이 스러져간다. 연잎의 다비茶毘다. 미처 알아채지 못한 나는 차를 목으로 넘기지 못한 채 목울대만 쿨렁거린다. 이 아픈 머무름을 거부할 생각이 없다. 빈 잔에 가득 찬 고요가 오래도록 출렁거릴 것 같다.

「현대수필」 2014년 겨울호, 기획특집 '그림 속의 수필'

외다리 성자

하늘정원에서 바라보는 묘시의 동살은 언제나 신비롭다. 내가 바라보는 대상들이 새롭게 인지되는 절묘한 순간이다. 더덕 줄기가 수행하는 외다리 성자처럼, 쉬어가는 학처럼 보인다.

후텁지근한 어제저녁에 비하여 새벽은 선선하다. 낮에 비 예보가 있다. 하늘정원을 화려하게 수놓았던 개양귀비 꽃들이 빗살에 쉽게 스러질까 염려가 된다.

꽃씨가 맺어준 인연

빛깔 고운 '사랑초'는 꽃씨가 맺어준 인연의 꽃. SNS에 공유한 나팔꽃을 보고 좋아한 그녀에게 꽃씨를 나눈 덕분이다. 자연을 좋아하고 식물을 손수 키우는 분이라 역시 마음씀씀이가 남다르다. 그녀가 택배로 보내준 싱그러운 사랑초 식물을 정성껏 가꾸고 있다.

꽃을 좋아하는 그녀는 자신이 운영하는 카페 주변에 여러 식물을 키우고 있다. 나팔꽃 꽃씨를 화분에 심어 새싹이 자라나고 꽃이 피어나기까지, 매일 사진으로 기쁘게 소통하고 있다. 울산에 머무는 그녀를 한 번도 뵌 적 없다. 하지만, 매일 '카카오스토리'와 '카톡'으로 서로의 안부를 주고받으며 식물에 관한 이야기를 풀어놓는다.

SNS는 보이지 않는 조용한 수다의 공간이다. 그녀는 멀리 있지만, 멀지 않은 정다운 이웃사촌이다. 어쩌면, 식구보다 더욱 솔직한 대화를 풀어놓으며, 세상을 살아가는 이야기를 나누는지도 모른다. 나의 뇌리에 '울산'하면, 선한 인연의 그녀가 제일 먼저 떠오른다. 울산을 가게 된다면, 그녀를 꼭 찾아보리라 마음먹고 있다.

사랑초

금꿩의다리

요 작은 꽃이 나를 홀려요.

무욕의 꽃으로

붉은 모란꽃 지고
푸른 잎도 스러진 마른 씨방에
서리태처럼 영롱한 열매를 품고 있다.
시간은 흘러 알맹이도 빠져나간 빈집은
여인의 가슴에 단 브로치처럼,
신혼집 꽃등처럼,
고택 마당을 은근히 밝힌다.
모든 것을 다 내준 씨방이
무욕의 꽃으로 눈부시다.

◀ 모란 씨방

헛꽃

중년 남자가 꽃대궁을 사정없이 꺾고 있다. 그의 발밑에는 주먹만 한 꽃대가 너저분하다. 난 그의 손을 저지할 양 꽃대를 왜 꺾느냐고 묻는다. 그는 말없이 줄기에 돋아난 빨갛게 물오른 촉을 손으로 가리키며 "일손이 없다"며 딴말을 한다. 말없이 지켜보고 있자니 그가 말을 잇는다. 새싹을 위하여 마른 꽃대를 꺾고 있는 중이란다. 감상을 내세운 내 마음과는 다르게 그는 미래의 수국 꽃을 떠올린 것이다.

절기상 화려한 수국을 기대한 것은 아니다. 그저 바람에 서걱거리는 억새처럼 마른 수국이라도 보고자 태종대를 올랐다. 아직은 바람이 차다. 찬바람은 기어코 내 얼굴에 붉은 반점을 만든다. 나는 알레르기도 마다치 않고 부산에 온 길에 수국으로 유명한 사찰을 보고 싶다고 우긴 것이다. 그런데 마른 꽃대마저 꺾어 바닥에 나뒹구는 수국의 잔해라니…참으로 황량하기 그지없는 풍경이다.

사찰 내 구석구석 마른 수국이 지천이다. 인기척은 없고 마른 수국이 바스락거릴 듯 스치는 바람 소리와 스님의 청아한 독경 소리가 울려 퍼진다. 꽃대를 흔드는 바람도 지쳐 보인다. 겨우내 바삭하게 마른 자잘한 꽃잎을 품은 꽃대들. 그 꽃대를 부수지도 꺾지도 못한 바람이다. 결국, 수국은 사람의 손에 꺾어지고, 바람 때문인지 머리를 산발한 듯 주위가 너저분하다.

경내를 거닐며 어느 즈음에서 눈을 감고 상상에 든다. 수천 개의 꽃봉오리가 핀 여름날 황홀했던 그 순간을. 그 화려함이 수많은 인파를 부르고, 발 없는 말은 육지에 머무는 나에게까지 반가운 소식을 전해주었을 정도다. 지인의 블로그에 분홍 빛깔과 청보라 빛깔로 피어오른 수국꽃 무더기. 꽃을 거듭 바라보며 감탄하였고, 그곳으로 달려가는 꿈을 얼마나 꾸었던가.

수국 축제가 벌어지는 태종사가 있기까지는 수국을 사랑한 도성 큰스님이 존재한다. 스님은 명승지나 산사를 순례하며 수국을 가져다 심었단다. 수국은 꽃에서 이슬을 받아 공헌했다고 하여 감로수 꽃이라 일컫는다. 아무튼, 수천 개의 주먹만 한 꽃대에 작은 꽃들이 활짝 피어 사찰은 황홀하다 못해 몽환적인 분위기다.

꽃잎은 빛과 토질에 따라 흰색과 분홍색, 보라색 등 카멜레온처럼 색깔이 변한다. 더 신기한 것은 한 꽃대에 열매를 맺는 깨알같이 작은 진짜 꽃(양성화)과 둘레 가장자리에 큼지막하게 핀 헛꽃(중성화), 꽃잎이 두 가지다.

꽃이 피기 시작하여 겨우내 마른 꽃으로 존재하는 것이 헛꽃. 우리의 감성과 시선을 마지막까지 사로잡은 꽃이 바로 가짜 꽃이다.

내가 보기엔 헛꽃은 가짜 꽃이 아니다. 열매를 맺지 못하는 것이 무슨 대수이랴. 어찌 보면, 그의 존재가 있었기에 진짜 꽃이 실한 열매를 맺을 수 있었던 것이다. 성난 비바람에도 끝내 흐트러지지 않고 끝끝내 꽃대를 세우는 헛꽃의 존재를 보아야 한다. 헛꽃의 생애를 제대로 보아야 수국을 안다고 말할 수 있다. 인간도 마찬가지이리라. 자신의 존재를 드러내지 않고 많은 사람에게 도움을 주는 이가 있다. 돌아가신 부모님의 삶이 그러했고, 이 순간에도 누군가를 위하여 발원하는 스님의 독경 소리가 그것이다.

수국은 중생의 삶을 간과할 수 없어 스러지지도 못하고 서걱거리며 서 있었나 보다. 머지않아 인간의 손에 꺾여 누군가의 거름이 되거나 불쏘시개로 열반에 들리라. 마른 꽃대는 화사한 모습은 잃었지만, 봄 햇살 덕분에 마른 꽃잎에 붉은 기운이 감돈다.

— 계간 『에세이포레』 2015년 여름호

사철 스러지지 않는 들꽃

사철 스러지지 않는 들꽃이다. 그녀의 생김새와 달리 손끝으로 들꽃을 낳는다. 그녀가 수놓은 들꽃에선 마치 꽃밭에 서 있는 듯 생명력이 느껴진다. 하늘나리, 엉겅퀴, 제비꽃, 채송화, 질경이… 유년시절 산야와 마당에서 보았던 들꽃이다. 들꽃을 천에 옮겨 놓는 작업은 인내와 섬세함을 요하는 작업이다.

질경이 꽃은 바닥에 바짝 붙어 있어 몸을 한껏 낮추어야만 볼 수 있다. 무엇보다 눈여겨보지 않으면, 꽃의 색이 은은하여 꽃이 피는지 조차 모른다. 정녕코 꽃의 생태를 관찰하지 않으면 있는 듯 없는 듯해 수놓을 수 없는 들꽃이다.

자수에 극진한 관심을 보이자 아무도 보여주지 않은 두루마리를 펼친다. 옥양목에 수놓은 들꽃들이 눈앞에 펼쳐지며 형언할 수 없는 감동에 휩싸인다. 특히, 감물로 염색한 천에 산부추 꽃에 감동한다. 하얗게 무리 지어 핀 산부추 꽃은 마치 눈꽃의 신세계를 잊을 수가 없다. 그녀가 손끝에서 낳은 들꽃은 자연을 일상에 들여놓는 작업이다. 그녀에게 자수는 신산한 삶을 위로하는 시공간이자 남다른 삶의 미학이다. 들꽃 자수는 감성을 무한 자극하는 스러지지 않는 들꽃이다.

흔들려야 꽃도 피고

산형화서 하나인 산부추 꽃.

햇빛에 따라 느낌이 사뭇 다르다.

바람골인 하늘정원에서

바람이 멎기를 기다리기엔 여유가 없는 나.

꽃의 신에 휘둘려 사진을 담다 보니 흔들린 모습이 많다.

어차피 인간도 식물도 흔들려야 꽃도 피고 성장하니 개념치 않는다.

겨울잠

꽃씨도 겨울잠을 잔다. 씨앗은 땅속에서 해토머리까지 몸을 부풀렸다 줄이기를 반복하리라. 인간도 꽃씨처럼 걱정 없이 깊은 잠을 취하며 얼마나 좋을까. 인간이 신록의 봄을 기다리듯 씨앗도 땅속에서 따스한 봄빛을 볼 그날을 고대하리라. 가으내 열매를 정성껏 걷은 씨앗을 땅이 얼기 전에 뿌려 놓았다. 지인과 나눔의 기쁨을 함께한 꽃씨이기도 하다. 삼각형의 나팔꽃 검은 꽃씨와 시르죽은 과꽃과 백일홍의 풍성한 얇고 긴 꽃씨도 있다. 어디 그뿐이랴. 실바람에도 무시로 하늘거리는 가느다란 꽃대로 품었던 개양귀비 씨방도 있다. 씨앗이 땅속에서 겨울을 나면, 봄날의 푸른 촉을 올릴 꽃대가 튼튼하다. 혹자는 왜 파종 시기를 지키지 않느냐고 말할지도 모른다.

꽃씨를 심는 나만의 비법이다. 몸소 체험한 시행착오로 얻은 결과이다. 내가 머무는 곳은 24층 복층 아파트. 하지만, 주위에 25층 아파트가 발아래로 보이니 27층이나 다름없다. 오르막길 우회도로의 지형지물을 이용한 아파트 단지이다. 꼭대기 층 테라스에 나무로 화분을 짜서 식물을 가꾼 지 다섯 해가 흘렀다. 이곳은 바람이 무량한 '바람골'에다 여름에는 불볕더위

▲ 꽃씨

의 환경이다. 식물과 희로애락을 함께하며 그 속에서 살아남은 식물들로 최적화한다. 주위에서 식물을 키우기에 어려운 환경이라고 말하던 지난날이 주마등처럼 흐른다.

식물들이 하늘에 닿을 것 같아 하늘정원이라고 부른다. 테라스 주변에는 우암산과 백화산이 자리하고 멀리 앞산이 뒷산을 업은 듯 굽이굽이 산등성이가 보이는 전망 좋은 정원이다. 위 아래층 테라스에 가꾸는 식물이 적어도 백여 종은 넘으리라. 특히, 토종의 나팔꽃과 해바라기, 채송화와 과꽃, 매발톱 여러 종과 매화를 즐긴다. 대부분 유년시절 기와집 마당에서 보았던 식물이다. 요즘은 출처도 없는 꽃들이 만연하여 안타깝다. 그것들이 식물의 생태계를 교란하여 몇 안 되는 토종이 사라질까 두렵다. 대부분 꽃들이 크고 화려하여 우리 꽃처럼 소박함이나 수수함을 찾아볼 수가 없다.

글로벌한 세계가 좋은 것만은 아니다. 사람들의 목숨을 좌지우지한 코로나 19가 그렇다. 이 모두가 환경을 오염시킨 탓이다. 집안에 한 그루의 나무나 한 송이의 꽃을 가꾼다면, 우리의 환경은 많이 달라지리라 본다. 마음의 여유 없이 살아가는 사람들이 식물이 성장하는 과정을 살핀다면, 적어도 메

마른 정서는 사라지리라. 요즘 사람도 잘 만나지 못하고 밖으로 나돌지 못하니 우울증에 시달리는 사람들이 많단다. 그분들에게 집안에 화초를 키워 보라고 권장하고 싶다.

무시로 하늘정원으로 나선다. 정원의 식물 가꾸기는 삶의 기운의 원천이다. 새벽 다섯 시, 묘시의 겨울 정원은 깜깜하다. 겨울에는 정원에 할 일이 없어 여유롭다. 식물들이 겨울잠에 들어 단단해지듯 서재에서 독서로 내실을 기해야 할 듯싶다. 머지않아 정월달이니 조만간 나무줄기는 물기를 한껏 머금고 꽃봉오리를 피우리라. 가지마다 피어난 매화 꽃 향기에 온갖 시름이 절로 스러지리라.

에
필
로
그

▲ 새벽 동살과 풍경

인간의 마음처럼

하늘이 시시각각 변한다.

마치 동살이 들불처럼 번진다.

공중부양인 물고기가 불구덩이로 들어선다.

물고기가 어제 본 영화 속 '조커'처럼 가슴속 불꽃이 터진 것일까.

영화를 보는 내내, 보고 난 후에도 현재의 실상 같아 마음이 좋지 않다.

과연 시간이 흘러도 변하지 않는 물상이 있을까.

인간의 마음처럼,

눈에 보이는 물상의 참모습을 알 수 없다.

▲ 거실에서 바라본 노을

푸르스름한 경계에서 · 1

– 노을

집안에 들어서자 거실로 스민 풍경에 심장이 멎을 듯
하다. 저녁노을 빛살을 말로 형용할 수 없다. 어제까
지만 해도 희뿌연 안개에 가려 시내의 건축물이 보이
지 않을 정도였다.

내가 머무는 청주도 이제 '청정한 도시'라는 말도 옛
말이다. 미세먼지가 도지면 수치가 높은 위험 도시로
분류되어 안타깝다. 전날 강한 눈보라에 미세먼지를
어디론가 몰고 갔는지 시야가 드넓고 맑다.

나는 자연이 빚은 오묘한 빛깔이 펼쳐지는 시간을 좋
아한다. 푸르스름한 경계에선 낮도 밤도 아닌 모호한
시간 '개늑시', 그 무렵 붉은 동살과 저녁놀을 보고 또
봐도 그리워한다.

▲ 하늘정원에서 바라본 일출

푸르스름한 경계에서 · 2

－ 동살

푸르스름한 경계의 시간,

묘시를 좋아한다.

하늘 빛깔도 짙푸르고,

풍경 속 물고기와 누운 그믐달,

해를 품은 숲,

순간 높이 나는 새도 출연이다.

주위가 꽤 소란하다.

아침을 일깨우는 새들과 벌레들의 울림이다.

일터로 달려가는 행렬에 내 숨결도 보탠다.

◀ 묘시의 하늘

한유閑遊

요염한 그믐달과
하늘을 나는 물고기,
멀리 드러누운 능선과
생업의 현장으로 달리는 새벽길.
내 안에
여유로운 마음이 있어야
보인다.

하늘정원 꽃의 세계

개양귀비	개양귀비 씨방	명자나무	해바라기	개양귀비	제라늄	작약	동백
부겐베리아	매화	벚꽃	가침박달	봄까치꽃	황새냉이	좀씀바귀	제비꽃
채송화	개양귀비	개양귀비	매발톱	작약	돌단풍	아마릴리스	붓꽃
해바라기	더덕	봉선화	봉선화	나팔꽃	나팔꽃	파꽃	토끼풀

큰꿩의비름	분꽃	원추리	미국쑥부쟁이	도라지	도라지	플룩스	백일홍
무릇	참나리	해바라기	해바라기	해바라기	해바라기	과꽃	청화쑥부쟁이
끈끈이대나물	석류	제라늄	제주수국	국화	소사나무	백련	더덕 줄기
사랑초	금꿩의다리	모란 씨방	수국	질경이	산부추	꽃씨	소사나무

하늘정원에서 바라본 우암산 사계

화
화
화

화
화
화

화
화
화